histoires &
territoires

collection dirigée par Yves Bescond

Marie-Anne ROUX

LA MAISON SUR LA DIGUE

histoires & territoires
DIABASE

BP 31 - 22130 PLANCOËT
e-mail : Editions.Diabase@wanadoo.fr

ISBN 2-911438-26-4

à mon père

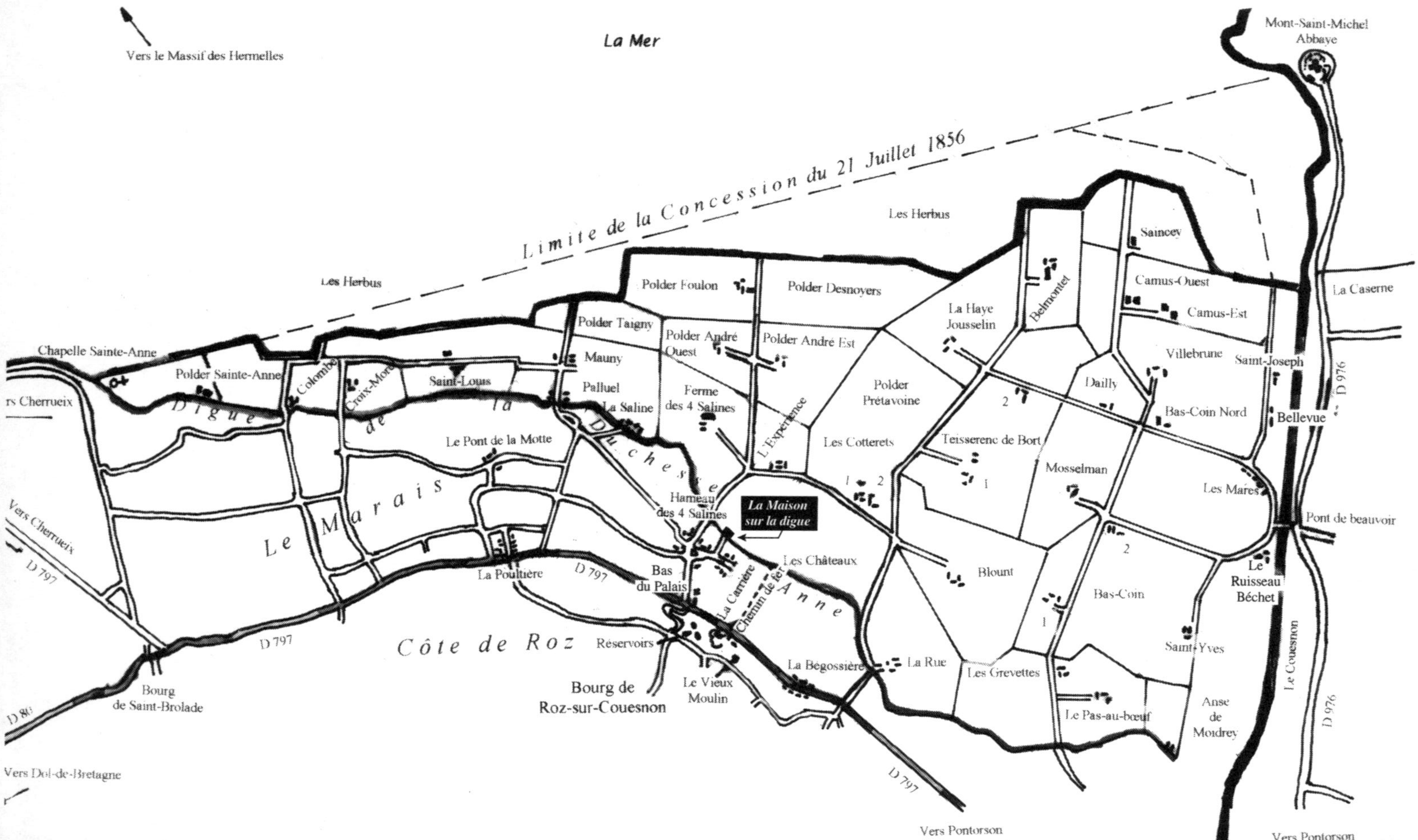
La Mer
Vers le Massif des Hermelles
Mont-Saint-Michel
Abbaye
Limite de la Concession du 21 Juillet 1856
Les Herbus
Les Herbus
Chapelle Sainte-Anne
Polder Sainte-Anne
Colombe
Croix-Morel
Saint-Louis
Mauny
Palluel
La Saline
Polder Taigny
Polder Foulon
Polder Desnoyers
Polder André Ouest
Polder André Est
Ferme des 4 Salines
L'Expérience
Polder Prétavoine
Les Cotterets
La Haye Jousselin
Belmontet
Saincey
Camus-Ouest
Camus-Est
Villebrune
Saint-Joseph
Bellevue
Dailly
Bas-Coin Nord
Teisserenc de Bort
Mosselman
Les Mares
Pont de beauvoir
La Caserne
D 976
Le Ruisseau Béchet
Le Couesnon
Blount
Bas-Coin
Saint-Yves
Anse de Moidrey
Le Pas-au-bœuf
Les Grevettes
La Rue
La Bégossière
Les Châteaux
La Maison sur la digue
Hameau des 4 Salines
Bas du Palais
La Carrière
Chemin de fer
Digue de la Duchesse Anne
Le Pont de la Motte
Le Marais
La Poultière
D 797
Côte de Roz
Réservoirs
Le Vieux Moulin
Bourg de Roz-sur-Couesnon
Bourg de Saint-Brolade
Vers Cherrueix
Vers Dol-de-Bretagne
Vers Pontorson
Vers Pontorson

1

Sur la petite route entre Sainte-Anne et Roz-sur-Couesnon, l'attelage caracolait et animait les ombres du soleil couchant. Dans la charrette du père Vilmont, Marie emportait ses affaires, celles d'Elisabeth et quelques meubles jugés indispensables.

Le cheval flânait tout à son aise, n'hésitant pas à brouter un brin d'herbe sur le bas-côté du chemin. Les occupants de la voiture, beaucoup trop préoccupés d'eux-mêmes, en oubliaient de le rappeler à l'ordre.

- Ho la ! Mais la nuit va nous prendre !

Augustin décida d'accélérer le mouvement et leva son fouet dans un geste large.

- Hue ! Allez, hue !

Il le rabattit en faisant claquer la lanière, effleurant la croupe de la jument. Elle leva et baissa la tête comme pour dire j'ai compris et, obéissante, pressa le pas.

Marie sourit à son mari et serra plus fort Elisabeth contre elle. Augustin laissa passer une tendre lueur dans son regard, tout en gardant les rênes bien en main pour ne pas relâcher l'allure.

- Je ne voudrais pas arriver trop tard, J'ai promis aux Rouvert de passer chez eux. Ils sont impatients de te connaître.

- Ce sont les amis dont tu m'as parlé ?

- Oui, il y a plus de quinze ans que je connais Louis et Joséphine. Ils travaillaient encore à la ferme expérimentale, celle qu'on aperçoit là-bas à gauche, de l'autre côté de la digue.

Elle regarda dans la direction des polders mais ils arrivaient déjà devant les premières maisons du hameau des “4 Salines”. Émue, elle se tourna vers Augustin, il comprit son appréhension. Les rideaux retombaient sur leur passage, on les regardait.

Depuis son retour du Front, ils s'étaient rencontrés plusieurs fois dans la “Maison sur la digue”. Pour y accéder, Marie avait toujours suivi le tracé de la digue de la duchesse Anne afin d'éviter de croiser les gens du voisinage. Venant elle-même d'un petit village, elle connaissait la curiosité et la méfiance dont les habitants feraient preuve à son égard, dans un premier temps.

Pour la distraire, il détourna son attention en lui désignant la falaise morte où dans les creux l'ombre s'installait. À cet endroit, la côte se rapprochait des grèves. Elle réduisait sa distance avec la vieille digue et diminuait l'espace appelé depuis toujours “le marais”.

- Le bourg de Roz-sur-Couesnon est tout en haut mais nous sommes trop en dessous pour en voir le clocher. Pourtant, il nous sert de repère lorsque nous sommes dans la grève ou dans les polders.

Marie leva la tête et fouilla dans sa mémoire, elle se rappelait y être venue quelquefois avec sa mère.

- T'ai-je dit que Louis était garde-chasse ?

- Comme toi, mais pour les Guérard de Noyeuil ?

- C'est ça ! Les Guérard l'ont embauché quand ils ont racheté les onze fermes, celles vendues par la Compagnie des Polders de l'Ouest pour se renflouer avant la guerre ?

- Oui, je m'en souviens.

- Dans le même temps Joséphine quittait la ferme Touzard pour la naissance de leur premier enfant. Ils te plairont, tu verras… Ce sont vraiment des amis.

Elle posa une main sur la sienne.

- Ils seront aussi les miens… Puis elle enchaîna : combien y a t-il de fermes dans les polders ?

- Sur l'ensemble du territoire ? Cinquante ! Nous ne sommes pas trop de deux gardes.

Après des siècles de démarches, de propositions diverses et d'hésitations, Napoléon III accordait, enfin en 1856, une concession d'environ trois mille hectares dans la baie du Mont Saint-Michel. Avec cet agrément, obtenu pour quatre vingt-dix-neuf ans, la Compagnie endiguait et asséchait les terrains pris sur la mer et depuis le début du siècle, en particulier, elle construisait également des habitations sur les parcelles devenues cultivables.

Elisabeth écoutait, songeuse. Dans l'esprit de ses huit ans, les sentiments demeuraient confus. Son papa était mort à la guerre et ce matin sa mère s'était remariée dans la petite église de Cherrueix. Ils venaient de quitter Sainte-Anne et son grand-père pour venir habiter aux "4 Salines".

Désormais, Augustin serait son nouveau père… Au cours de ces derniers mois, elle avait eu le temps de se familiariser avec lui. C'était toujours une fête de le voir arriver avec son sourire joyeux et des cadeaux dans ses poches : un petit panier fabriqué pour elle ou parfois un oiseau vivant.

- Regarde Elisabeth ! C'est un bouvreuil et c'est un mâle.

- Comment le sais-tu ?

- À la couleur de son ventre, celui-ci est rose, la femelle a un ventre plutôt gris-brun. Tu vois son gros bec ? C'est avec ça qu'il décortique les bourgeons de mon pêcher au printemps.

Puis, après une caresse, il lui rendait la liberté.

- Va retrouver ta femelle et ne te laisse pas reprendre, sinon, c'est la casserole !

La petite fille fit tourner sur son doigt la bague en aluminium, gravée par Augustin dans les tranchées, en pensant à ses taquineries et à leurs éclats de rire. Malgré tout, une inquiétude persistait au fond de son cœur, elle quittait son village pour la première fois et ce pays était bien différent de Sainte-Anne, on ne voyait plus la mer.

Lors de la déclaration de guerre, elle avait trois ans. Son père restait ce personnage lointain, venu de rares fois en permission, dont sa mère parlait parfois. Elle se souvenait d'un homme triste et taciturne auquel elle n'avait pas eu le temps de s'attacher. Les images d'une présence masculine lui venaient de son grand-père. Il était près d'elle depuis toujours.

Depuis la fin des hostilités, on vivait le premier été avec la présence des hommes. Hélas, tous n'étaient pas revenus, et les familles pleuraient encore les soldats restés là-bas, ceux pour qui il n'y aurait pas de retour et dont on ne recevrait jamais la dépouille. Dans chaque village, la liste des disparus s'allongeait sur les monuments aux morts. D'autres avaient laissé dans la boue des tranchées, sous le feu des canons, un bras, une jambe ou la moitié de leur visage.

Dans les églises, un nombre croissant de veuves, enveloppées de leurs grands voiles noirs, assistaient à la messe du dimanche. Certaines les porteraient jusqu'à la fin de leurs jours.

Marie et Augustin découvraient leur nouveau bonheur, étonnés d'être simplement ensemble. Incrédules, ils se regardaient et les mêmes interrogations se lisaient dans leurs yeux : "Entraient-ils vraiment dans une nouvelle vie, impossible à imaginer quelques mois plus tôt ?"

Juste au croisement de la route pénétrant dans les polders et allant vers la grève, avant le petit potager d'angle, Augustin ralentit devant la maison à la gargouille. La famille Rouvert se tenait sur le pas de la porte. Le cheval s'arrêta. Augustin tourna la manivelle pour serrer le frein et dit, en tendant la main à Marie :

- Viens ! Tu vois, Louis et Joséphine nous attendaient.

Il descendit de la charrette, prit la jeune femme par la taille, la souleva et la posa à terre avec légèreté. Il fit de même pour Elisabeth.

Louis se dirigeait vers eux, les mains ouvertes dans un geste d'accueil.

- Voici les jeunes mariés !

À peu près du même âge qu'Augustin, mais plus râblé et plus petit, son regard, habituellement sérieux et calme, s'illuminait dans un sourire plein de chaleur. Toute son attention allait vers Marie.

- Augustin nous a beaucoup parlé de vous... Il était encore au-dessous de la vérité en disant que vous étiez unique.

Marie rougit sous le compliment. Le temps avait glissé sur ses trente-huit ans. Fine, elle se tenait toujours très droite. Petite et brune, ses yeux aux couleurs changeantes se remplissaient de douceur quand elle riait, et deux petites fossettes creusaient ses joues.

- Bonjour, répondit-elle, en lissant machinalement sa jupe.

Augustin prit les deux mains de Louis en soutenant son regard. Ce geste en disait long sur leur complicité. Louis connaissait l'importance de cette journée pour son ami. Augustin se tourna vers Marie.

- Je te présente mon voisin et compère.

Elle répondit par un signe de tête, tandis qu'il s'adressait à Louis :

- Tu peux embrasser la mariée ! Et voici Elisabeth.

Timidement la petite fille fit un pas en avant. Louis se baissa pour l'embrasser sur les deux joues et déposa aussi un baiser sur celles de sa mère. La glace était rompue. Marie percevait toute la bienveillance de cet homme.

Joséphine s'approcha. Ses cheveux très bruns, retenus en un lourd chignon, descendaient sur sa nuque. Un peu forte et pleine de vitalité, ses yeux de velours noir, sous deux arcades sourcilières bien dessinées, exprimaient la tendresse avec laquelle elle exerçait une affectueuse autorité. Elle vint naturellement étreindre les nouvelles venues.

- Bonjour Marie, je suis heureuse de vous connaître. C'est votre petite fille ? Elle est très jolie.

Augustin faillit répondre : "oui c'est notre fille", mais ne dit rien.

Deux garçons sortaient de la maison, Joséphine les interpella :

- Venez dire bonjour vous autres !

Ils avancèrent avec gaucherie. Elle mit une main sur leur épaule en les poussant affectueusement :

- Voici Antoine, il aura neuf ans à la fin de l'année et celui-là, c'est Alexis, il a onze ans.

Augustin remonta dans la voiture.

- Nous allons décharger la charrette avant la tombée de la nuit et dételer le cheval. Puis, nous boirons une bouteille de cidre bouché à la maison.

Louis se mettait déjà en route.

- Nous allons t'aider. Venez les garçons !

Augustin prit les rênes. Marie, Louis et les enfants continuèrent à pied.

- Dommage qu'Elisabeth soit une fille, regrettaient Alexis et Antoine, nous aurions eu un nouveau compagnon de jeux. Les filles ont toujours peur de tout et elles n'aiment même pas la pêche.

En lui jetant des regards obliques, il fallait quand même, se rendre à l'évidence, ils ne se souvenaient pas avoir vu dans le quartier une petite fille avec des cheveux aussi blonds et des yeux aussi bleus.

Indifférente à leurs pensées, Elisabeth courut jusqu'à la vieille digue qui lui cachait encore les polders.

Arrivée sur le terre-plein, c'était la découverte d'un autre monde… Le pays plat, façonné par la main de l'homme et traversé par les digues plantées de peupliers, s'étalait devant elle. Les arbres, dressés très hauts vers le ciel, encadraient des parcelles bien alignées, colorées de vert et de jaune. Par endroits, on apercevait la terre, constituée de tangue, sèche et blanche en cette saison. Au loin, une construction étrange et pointue se dressait contre l'horizon : le Mont Saint-Michel.

Sa présence, comme un vaisseau oublié au milieu des grèves, s'imposait dans le paysage et fascinait Elisabeth. Sa flèche touchait le ciel et brillait dans les feux du soleil couchant. Elle s'arrêta, surprise. Elle ne l'avait jamais vu d'aussi près.

Antoine et Alexis, après avoir observé l'émerveillement dans ses yeux, s'approchèrent, fiers de leurs connaissances.

- Tu ne connaissais pas le Mont ?

- Si… Mais d'ici, il paraît beaucoup plus grand.

- Tu ne l'as jamais visité ?

- Non, répondit-elle, rêveuse.

- Nous y allons parfois quand nous gardons les moutons dans les herbus.

- Vous m'emmènerez ? demanda-t-elle, sans réfléchir.

Ils se regardèrent avec un sourire complice…

- Oui, quand tu voudras.

Pour aller au Mont Saint-Michel, il fallait passer le Couesnon. Une fille n'aimerait sûrement pas entrer dans l'eau et mouiller ses jupes.

Marie demanda à Louis :

- La mer est à combien ?

- Il faut compter deux kilomètres et demi pour arriver à la

digue à flots, après le polder André et le polder Foulon.

À Sainte-Anne, il suffisait de traverser la route et de passer le remblai pour être dans la grève. Elle aurait pu regretter cet accès aussi direct mais son regard venait d'être attiré par les grands arbres. Marie aimait les hautes futaies, elles manquaient à Sainte-Anne. Elle leva la tête vers les peupliers, une légère brise faisait chanter les feuilles. On aurait dit le bruit de la mer...

La maison était là... au milieu d'un bosquet sur le terre-plein, appuyant ses fondations sur le contrefort de la digue, laissant de l'espace et la possibilité de circuler sur le côté opposé. L'habitation était fière et sûre de l'effet de surprise qu'elle produisait. Les fenêtres, comme deux yeux mutins, sur le pignon ouest où s'ouvrait la porte d'entrée, semblaient dire :

- Je sais, je suis une erreur ! C'est par hasard que j'ai été construite sur cette voie ancienne. La digue de la Duchesse Anne, vous pensez... Si la pauvre Duchesse voyait ça, elle crierait au sacrilège !

En réalité, elle n'en avait cure. On la sentait bien assise et à l'aise sur sa digue, sachant qu'elle offrait à ses habitants, une vue dominante dont les autres maisons, bâties en contrebas vers le marais, ne bénéficiaient pas.

Louis et les garçons descendirent la petite pente, aménagée sur le flanc du remblai, pour rejoindre Augustin, arrivé par le sentier du bas. Avant l'espace occupé par des pépinières d'épines et de peupliers, s'élevaient une remise et un abri qui servirait d'écurie.

Marie prit la main d'Elisabeth pour la rassurer, mais le charme de la maison avait déjà opéré. L'enfant était conquise. Elles entrèrent. La porte ouverte laissa glisser les derniers rayons du soleil sur le dallage en ciment. Contrairement à la plupart des autres logements, beaucoup plus sombres, la lumière entrait par quatre fenêtres à petits carreaux. Elisabeth courut regarder par celle du nord d'où l'on voyait le Mont Saint-Michel.

De l'autre côté, au sud, on découvrait sur la falaise, le clocher de Roz-sur-Couesnon. À mi-côte, sur la gauche, une construction en trois parties, toute blanche, se dégageait de la verdure.

- On dirait un château ! Qui habite là ? s'émerveilla-t-elle.

Augustin entrait les bras chargés d'objets apportés par Marie.

- C'est la Régie, la maison appartient à la Compagnie. On l'appelle parfois "le Château" ou encore "la Carrière".

- Elle est belle ! À Sainte-Anne, il n'y en a pas d'aussi grande.

Louis et Alexis arrivaient en portant un matelas.

- Où va-t-on mettre mon lit ? demanda-t-elle.

- Pour ce soir, nous allons l'installer dans l'angle le long du mur, répondit Augustin, là où j'avais mis le mien. Plus tard, je te ferai une chambre dans le grenier.

Marie ouvrit la porte, à droite de la cheminée :

- Viens voir ! Augustin a débarrassé la petite pièce. Ce sera la nôtre.

Louis déposa la table de toilette de la jeune femme. Elle ouvrit l'armoire et commença à ranger ses vêtements et ceux de sa fille. Si, pour le moment, l'installation restait sommaire, elle l'imaginait déjà, avec les rideaux et courtepointes qui faisaient la douceur de sa chambre à Sainte-Anne, et se réjouissait de la partager avec Augustin.

- Voilà le dernier sac ! annonça Antoine en le donnant à Marie.

Joséphine passait le seuil de la porte et déposait sur la table un plat de galettes de sarrasin, toutes chaudes, qu'elle venait de faire. Augustin fit asseoir son monde et, jovial, ouvrit une bouteille de son meilleur cidre. Le soleil disparaissait à l'horizon, Marie attendit encore un peu que l'ombre soit installée pour allumer la lampe. La maison semblait fermer ses paupières sur un nouveau bonheur. Joséphine, admirative, se tourna vers elle :

- Marie ! Pendant la guerre, vous faisiez tourner le moulin comme un vrai meunier, nous a dit Augustin.

- Je n'avais pas le choix. Mon père ne pouvait plus marcher à la suite de son "attaque", Pierre était au Front et les fermes réclamaient leur farine.

- Tout de même, il fallait beaucoup d'initiative et de courage. Comment va votre père, il est resté seul ?

- Oui, pour le moment.

- Votre présence va lui manquer. Vous ne l'avez jamais quitté, je crois ?

- Non. La décision de me marier et de venir habiter avec Augustin était difficile à prendre. Mais il m'a dit : "Pars ma petite fille ! La meunerie c'est fini. Bientôt, nous ne verrons plus les ailes de nos moulins tourner. Ils vont tous fermer les uns après les autres." C'était vrai, nous n'avions presque plus de travail. De nos jours, les fermiers préfèrent porter leur blé chez les minotiers…

Marie se tut et baissa les yeux. Joséphine et Louis compatissaient. Elle poursuivit après quelques secondes :

- Mais nous n'allons pas le laisser à Sainte-Anne, ce serait trop dur pour lui, surtout avec les difficultés qu'il éprouve à se déplacer.

Un peu d'anxiété passa dans sa voix.

- N'est-ce pas Augustin ?

- Ne t'inquiète pas Marie ! Dès la semaine prochaine, nous prendrons la charrette et nous irons le chercher.

Elisabeth approuva avec enthousiasme et fit sourire Louis et Joséphine. Augustin leva son verre dans la bonne humeur générale :

- Allez, trinquons ! Je suis si heureux ce soir...

Il regarda Marie avec tendresse.

- C'est un grand jour… Ma femme et mes amis sont enfin réunis.

Augustin évoquait son mariage avec plaisir. La nouveauté, pour lui, de prononcer “ma femme”, n’était pas un sentiment de propriété, mais le bonheur de pouvoir exprimer à tous que, dorénavant, Marie et lui formeraient une famille.

Ils dégustèrent les galettes de Joséphine, fines et légères, avec ce goût particulier de pâte bien travaillée. Louis et Augustin racontèrent leurs exploits de gardes-chasse, Marie riait avec les autres. Être heureux pouvait être si simple. Parfois quelques souvenirs horribles de cette première guerre mondiale, revenaient encore en surface, mais tous n’avaient qu’un désir : oublier.

Après le départ de la famille Rouvert, la maison se fit plus douce et pour bercer le sommeil de ses nouveaux habitants, elle ne laissa passer que le murmure du vent dans les feuilles des peupliers.

Pour la première fois, Marie allait dormir dans les bras d’Augustin. Comme elle, il était né à Sainte-Anne près de Cherrueix. Elle et lui avaient grandi ensemble, faisant leurs premiers pas dans la grève et partageant le plaisir de la pêche au massif des Hermelles ou sur les bancs de coques. Augustin aimait Marie depuis toujours. C’était un homme grand, encore svelte malgré ses quarante ans, avec des cheveux et une moustache blonde qu’il frisait d’un geste machinal. Ses yeux bleus débordaient de malice et les petites rides du rire marquaient le coin de ses paupières. Il portait le costume de garde-chasse.

Dans le même temps, de l’autre côté de la digue, l’homme qui savait se déplacer dans l’ombre et voir dans la nuit marchait sans faire de bruit.

- Les Gardes sont chez eux et ils dorment, constata-t-il, après avoir observé les va-et-vient entre les deux maisons. Ce soir, je vais pouvoir œuvrer en toute tranquillité. Si j’ai bien compris, celui-là va avoir des nuits beaucoup trop occupées, pendant un certain temps, pour se soucier d'autre chose... Il a raison, sa femme est bien accorte.

Il poursuivit son chemin vers les "Châteaux", puis tourna sur la gauche et se perdit dans les polders.

Le lendemain matin en bas du remblai, Elisabeth explorait son nouveau domaine en compagnie d'Augustin. Il lui montrait ses pépinières tout en arrosant les petits arbres.

- Que vas-tu en faire, il y en a beaucoup ?

- Je les planterai à l'automne. Pour maintenir les digues, il faut des peupliers. Elles sont consolidées par les racines.

Derrière les maisons, plusieurs monticules se détachaient dans le paysage, ils ressemblaient à des petites collines.

- On dirait des gros tas de terre construits en jouant. Qu'est-ce que c'est ?

- Les mondrins ! Il y a longtemps, à l'époque où la mer venait encore jusqu'à la digue de la Duchesse Anne, on récoltait du sel ici.

- Du sel ?

- Mais oui ! On faisait chauffer une saumure, préparée avec de l'eau de mer ayant servi à laver le sable. L'eau s'évaporait, laissant dans les récipients du sel très blanc et très fin, facile à recueillir. On rejetait en tas les mélanges de tangue et de sable utilisés pour cette opération. Au fil des siècles, ils sont devenus imposants. Cet arrondi à côté de la maison, c'est aussi un mondrin, mais avec le temps son sommet s'est aplati.

- C'est pour ça qu'on dit les "4 Salines".

- Oui. On extrayait du sel tout le long de la côte, à la Saline aussi, chez ta marraine Alix.

- Il y a longtemps que la mer ne vient plus jusqu'à la digue ?

- Oh ! Ça ne s'est pas fait en un jour... Gagner des terrains sur la mer, les hommes y ont toujours pensé. Ils commençaient par mettre les moutons et les oies en pâture, puis s'enhardissaient à cultiver. Mais un jour la mer revenait sans prévenir et reprenait tout son territoire.

Un bruit de pierres qui roulent fit se retourner la petite fille.

- Victor !

Le fils d'Alix, le filleul d'Augustin, arrivait en courant. Elle oublia le sel et les mondrins.

- Bonjour Elisabeth !

Nés la même année, ils se connaissaient depuis leur enfance. La chevelure très brune du garçon faisait ressortir le bleu de ses yeux. Son parrain lui demanda s'il était venu seul.

- Non, maman est avec Marie.

Puis, entraînant Elisabeth :

- Tu viens ? On va se promener…

Dans la maison, Marie se familiarisait avec les ustensiles d'Augustin et préparait le repas après avoir cueilli les légumes de son jardin.

- Alice ! Quel plaisir de recevoir ta visite.

La jeune femme, très proche de Marie, avait été la première à comprendre que son amie et son frère s'aimaient. Discrète, elle avait su donner à leur cause, aide et soutien.

- Nous voilà presque voisines ! As-tu besoin de quelque chose ?

- Non, Augustin a pensé à tout.

- Oui, je peux m'en douter… Hier, la journée était importante pour lui, tu es devenue madame Rolland. Je peux bien te le dire maintenant… Elle hésitait un peu… S'il est resté célibataire, c'est à cause de toi.

- J'ai compris tout cela, il y a plusieurs années, mais trop tardivement.

- Il était tellement désemparé à son retour du service militaire… Souviens-toi, tu venais de te marier avec Pierre Guesdal et tu attendais un enfant. Alors, il n'a pas voulu retourner à Cherrueix, il a préféré s'installer aux "4 salines".

- En réalité, je n'ai jamais cessé de penser à lui mais je ne savais pas à quel point j'y étais attachée. Lorsque Pierre est arrivé au moulin, j'avais vingt ans. Toutes les filles le regardaient et moi aussi.

Elle rougit un peu et fit sourire Alix.

- Nous nous sommes mariés et tu connais la suite. Augustin aurait pu disparaître à tout jamais, sur un champ de bataille ou ailleurs. Parfois je me demande… tout ce bonheur…

Elle marqua une pause en baissant les yeux.

- Il m'arrive de penser à Pierre, il ne s'était jamais remis de la disparition de notre fils… Trop jeune pour mourir, peut-être était-il pressé de rejoindre le petit François…

Alice voulut effacer la gravité de ses paroles :

- Dieu a rappelé Pierre à lui et il permet maintenant la présence d'Augustin à tes côtés. C'est ton destin, Marie.

- Sans doute…

- Allez ! Allez ! Arrêtons de remuer ces vieux souvenirs… La maison te plait-elle ? La mer n'est pas trop loin ?

Alix venait aussi de Sainte-Anne où la marée remonte jusqu'à la digue. Au début de son mariage, avant de s'être laissée prendre par l'originalité des paysages des polders, la mer lui avait manqué. Elle savait ce que Marie pouvait ressentir.

- À Cherrueix, elle était plus près, c'est vrai ! Seulement ici je suis sur la digue et je domine le paysage… Regarde comme on voit bien le Mont Saint-Michel !

Soudain, les jeunes femmes furent entourées par cinq enfants, Victor en tête.

- Elisabeth veut voir la mer ! Nous l'emmenons jusqu'à la digue à flots.

- Tu veux bien maman ?

- Mais oui !

Marie se réjouissait de voir sa fille déjà familiarisée avec le voisinage. Alix prit congé.

- Je retourne à la Saline, Léon m'attend pour faire la sélection des moutons.

Elle recommanda à son fils :

- Ne tarde pas trop ! Tu viendras nous aider.

Léon, le mari d'Alix, avait une jambe de bois pour remplacer celle perdue au Chemin des Dames. Il arrivait à se déplacer à peu près correctement avec une canne, mais il lui était impossible de courir après les moutons, si ils lui échappaient. Pendant la guerre, Alix avait pris l'habitude de diriger la ferme. Elle continuait d'assurer les travaux, difficiles pour son mari, avec l'aide des ouvriers et des journaliers. Petit à petit, Léon reprenait les rênes tout en s'appuyant sur sa femme.

La ferme de la Saline construite dans le marais, à l'abri de la vielle digue, possédait plus de trois cents moutons sans compter les vaches, les chevaux et les terres à cultiver dans les polders.

Faire deux kilomètres et demi pour aller, autant pour revenir, n'était pas fait pour décourager les enfants, habitués à se déplacer à pied sur des distances plus ou moins longues.

Antoine, de la même taille qu'Elisabeth, avançait près de Victor. D'un naturel réservé, il portait le regard observateur de ses yeux verts sur les choses qu'il ne connaissait pas. Paul Mathurin, venu se joindre à eux, avait le même âge qu'Alexis. Un peu plus grands, ces deux garçons se comportaient en aînés.

La grosse natte blonde d'Elisabeth se balançait au rythme de ses pas. Les garçons la suivaient. Il n'était pas courant de les voir partager leurs occupations avec les filles, mais Elisabeth, nouvelle venue, avait demandé si gentiment qu'on l'emmène à la grève. De toute façon, ce matin aucune autre occupation ne réclamait leur présence.

Et puis... il faut bien le dire, il existait un petit sentiment de supériorité à faire découvrir quelque chose que l'on connaît bien à quelqu'un qui l'ignore.

La petite fille, avec son aspect docile et sage, possédait ce don d'amener les événements et les choses là où il lui semblait bon d'aller. Quand elle souriait avec ses yeux lumineux, découpés dans un morceau de ciel, comment résister à ce charme naissant ?

- Alexis ! Hier soir, j'ai vu une drôle de pierre dépassant de ta maison, comme il en existe aux murs des églises. Comment l'appelez-vous ?

Ils répondirent ensemble :

- La gargouille !

- On ne sait pas d'où elle vient, elle a toujours été là, continua Alexis.

Paul donna son avis :

- Elle était sans doute au Mont Saint-Michel. Peut-être l'a-t-on retrouvée dans les herbus, apportée par une marée.

- De toute façon, l'artisan qui l'a sculptée ne l'a pas terminée, fit observer Antoine. Elle n'a pas de rigole pour laisser passer la pluie.

Après avoir réfléchi, Victor suggéra :

- Et si l'ouvrier avait été emporté par une grande marée avant la fin de son ouvrage ?

Ils continuèrent leur marche en silence. Le mystère demeurait autour de cette gargouille inachevée, laissant la place à l'imagination pour développer les situations les plus audacieuses. Il y avait tant de légendes dans la baie.

Depuis des siècles, les histoires couraient sur les villages engloutis par le flot dévastateur, sur les forêts disparues ou les personnes enlisées et perdues dans le brouillard, dont on n'avait jamais retrouvé la trace et qu'on entendait gémir les soirs de tempête.

La route blanche s'enfonçait dans les polders, en ligne droite vers la mer. Un léger vent soulevait la poussière du chemin et venait saupoudrer les aubépines défleuries. Au loin, les barrières dentelées des peupliers délimitaient le paysage. Le long des digues, l'eau des canaux de drainage, qu'on appelait des biefs, scintillait dans un rayon de soleil.

Alexis voulut montrer sa bonne connaissance du pays :

- Tu vois la ferme là-bas à droite, on l'appelle "l'Expérience", de l'autre côté c'est celle des "4 Salines", la plus importante. Devant nous, avec ses murs recouverts de lierre, ce sont les bâtiments du polder André.

La route grimpa successivement sur deux digues. Le Mont Saint-Michel grossissait entre les arbres, de plus en plus près.

Pour Elisabeth, il était important de savoir comment se situer par rapport au monde qui l'entourait. Son raisonnement était simple : là où commence la mer, se termine la terre. Elle avait appris cette limite à Sainte-Anne.

Puis le chemin se fit différent, moins poussiéreux, la tangue devint plus grise comme lorsqu'elle est mouillée. Juste après le polder Foulon, ils montèrent en courant sur la dernière digue. Il n'y avait plus de champs, ni de fermes.

Comme par magie, après les herbus où broutaient des centaines de moutons, la mer s'étendait devant leurs yeux, remplissant l'horizon, bordée par les côtes d'Avranches et de Granville. Sur leur droite, vers l'Est, monumental et grandiose, le Mont Saint-Michel se dressait, comme s'il venait de sortir des sables. Elisabeth contemplait pour la première fois le rocher dans son ensemble, surmonté de la basilique, de la flèche et de l'archange.

- Il est tout près !

Antoine s'approcha.

- Il donne cette impression, c'est vrai... Pourtant, il faut faire encore six kilomètres pour être au pied de la Merveille.

- La Merveille ?

- C'est ainsi que les guides appellent l'abbaye. Elle est tout en haut, de l'autre côté. On ne la voit pas d'ici.

- Comme j'aimerais y aller !
- On t'emmènera.

Ils restèrent silencieux un peu de temps... Les enfants aussi savent admirer.

- Si on allait jusqu'à la cabane du berger ? proposa Paul.

Ils dévalèrent le remblai, effrayant les moutons qui se mirent à courir dans tous les sens. Elisabeth retrouvait l'immensité de la baie. Elle reconnaissait les odeurs d'iode, de sel et de tangue comme à Sainte-Anne. Elle arriva la première au petit édifice, construit sur une butte pour être plus élevé que les hautes marées.

Celui-ci était fait de tangue séchée, de planches et de bois flottés, couvert avec des tôles colmatées avec de la terre où poussaient déjà les herbes des schorres*. La porte en bois s'ouvrit en grinçant...

Le berger absent ne craignait pas les intrusions indélicates. Respectueux de ce domaine appartenant à un autre, les enfants, curieux, regardèrent l'agencement fait par l'homme vivant dans la grève, au milieu des moutons.

Sur un bas-côté de tangue, recouvert d'une planche, reposait une paillasse. Une table mal dégrossie occupait le centre du minuscule espace. Sous un tuyau de cheminée, les cendres du foyer étaient encore chaudes. Des vêtements pendus, une paire de bottes, de la vaisselle et quelques provisions sur des étagères complétaient l'intérieur de la cahute.

Le berger ne possédait pas grand chose mais il avait pour lui seul, toutes les étoiles du ciel, le vent et le silence, rompu seulement par les cris des oiseaux et le grondement des flots.

Perplexes devant cette simplicité choisie, ils allaient prendre le chemin du retour quand Elisabeth les arrêta en tendant son bras vers la mer.

- Vous avez vu ce gros rocher à la forme allongée ?
- C'est Tombelaine ! J'y suis allé avec mon père, se vanta

* Partie herbée de la grève

Alexis. Il y a longtemps, il existait un château.

- C'est vrai, ajouta Paul, j'en ai vu les ruines.

Elisabeth prenait conscience de cette baie dont la profondeur devenait, ici, plus réelle qu'à Sainte-Anne. À Roz, les terres avaient été conquises sur cet élément imprévisible. Elle se sentait entourée des mystères que cette mer, à qui on ne pouvait pas se fier, savait si bien entretenir.

Quelques jours plus tard, après avoir mis deux bouteilles dans sa musette, Augustin lui proposa :

- Veux-tu venir avec moi, je vais voir monsieur Blanchoire à la "Carrière" ? Tu sais, la grande maison.

Elle accepta avec enthousiasme.

- Nous allons passer par le "chemin de fer", ainsi tu pourras voir les mondrins de plus près.

- Il y a un chemin de fer ?

- Oui, les rails et les wagons sont toujours en place. Lors de la construction des fermes et des digues, on s'en servait pour transporter les pierres venant de la carrière des Chouannières. Un cheval le tirait.

La partie fixe de ce petit chemin de fer, genre "Decauville", allant de la "Carrière" à la vielle digue était restée en place. On l'empruntait encore facilement car, tout en passant à travers champs, il permettait un accès direct et praticable en toutes saisons. Au loin, on entendait un bruit de moteur. Augustin prit la main d'Elisabeth.

- C'est une voiture !

Ils s'arrêtèrent pour regarder l'engin. Ce n'était pas exceptionnel de voir une automobile passer au "Bas du Palais", mais encore assez rare. On allait jusqu'à se déplacer et les enfants couraient pour ne rien perdre du spectacle. Tout en commentant la vitesse, ils apprenaient ensemble à reconnaître les marques.

- C'est une Renault ?

- Non, je crois plutôt que c'est une Ford, du type T. Je la reconnais à la forme de son radiateur et à la position de ses phares.

Pétaradante, la voiture à moteur approchait, soulevant un nuage de poussière. Sa vitesse dépassait l'entendement : au moins cinquante kilomètres à l'heure. Augustin serra plus fort la main de la petite fille. Elle sentit le déplacement d'air qu'elle provoqua, en passant tout près d'eux, après avoir laissé une odeur de gaz d'échappement.

- Des fous ! dit Augustin Enfin, c'est le progrès.

La maison était située à mi-côte de la falaise. Après avoir passé les trois acacias et les bâtiments destinés aux chevaux, ils arrivèrent sur une terrasse. Elisabeth était très impressionnée par la longue façade blanche.

Encadrant la porte principale, des hortensias roses et bleus, offraient aux regards leurs énormes fleurs. De l'autre côté, des fauteuils taillés dans une haie de buis proposaient le confort d'un siège naturel. L'enfant n'avait jamais vu un agencement aussi harmonieux.

Augustin se dirigea vers l'extrémité du bâtiment, une porte était ouverte. Un monsieur en costume noir, portant col dur et cravate, parlait tout seul, debout devant quelque chose ressemblant à une "boîte à sel" en bois, accrochée au mur.

- Monsieur Blanchoire téléphone, nous allons l'attendre dehors.

Augustin se retourna pour lui montrer le paysage. À leurs pieds, un jardin cultivé pour donner fruits et légumes, descendait jusqu'à la route. Au loin, on distinguait les fermes et le Mont Saint-Michel. Une ligne plus claire scintillait à l'horizon.

- Regarde, on voit la mer !

Il la prit dans ses bras pour lui faire découvrir le panorama… Une voix les interpella :

- Vous pouvez entrer Rolland ! C'est votre nouvelle petite fille ?

- Oui, c'est Elisabeth.

La pièce, éclairée par deux fenêtres étroites, servait de bureau. Près de la porte, une table haute, qu'on disait "à cartes", recouverte de plans, s'inclinait légèrement vers un siège à vis, au fond, des dossiers s'empilaient sur une étagère. Un crayon à la main, monsieur Blanchoire, assis derrière son bureau, soule-vait des papiers épars.

- Elle est bien mignonne cette petite Elisabeth... Il me semble avoir senti ce matin, une bonne odeur venant de la cuisine. Veux-tu aller voir Mélanie ? Elle a sûrement fait des gâteaux, elle t'en donnera.

Ayant des ordres à donner à Augustin, il se doutait que la conversation serait ennuyeuse pour la fillette.

- À Bas-Coin Nord, ils ont signalé de l'eau arrivant trouble à la citerne, il faudra aller voir ça. La canalisation doit avoir un problème. Au Polder Blount, la porte de la "vacherie" a-t-elle été réparée ?

- Oui, nous avons fait le travail hier. Par contre, demain il serait urgent de finir l'installation d'une vanne à la citerne du polder Camus, il faudrait également nettoyer le fossé, bordant l'ancien Champ de Tir au polder Desnoyers.

- Bon, très bien !

Puis changeant de sujet :

- Où en êtes-vous avec les braconnages ?

- Il y en a toujours, mais je vais y mettre bon ordre. Comptez sur moi !

La conversation continua sur les travaux de réparation des digues et des fermes. La Compagnie louait les bâtiments construits par ses soins et les terres qu'elle avait endiguées. Augustin n'était pas seulement garde-chasse, il conduisait aussi des équipes d'ouvriers.

Elisabeth, ravie de pouvoir visiter les lieux, longea la façade en revenant sur ses pas et s'arrêta sur le seuil de la cuisine. Devant son fourneau, Mélanie s'occupait à préparer le repas. Une cuillère en bois à la main, elle soulevait le couvercle d'une grosse casserole où cuisait un ragoût sentant bon les herbes du jardin.

C'était une femme à l'embonpoint rassurant. Elle se retourna à l'arrivée de la petite fille. Sur ses grandes jupes longues, elle portait un tablier blanc. Toute l'attention d'Elisabeth était attirée par le meuble de cuisson, sa mère ne possédait pas de cuisinière à charbon.

- Entre ! Tu es la petite d'Augustin ?

- Oui.

- C'est monsieur Blanchoire qui t'a dit de venir me voir ? Il a senti ce matin l'odeur de mes sablés. Il en raffole. Et toi ? demanda-t-elle.

Elle ouvrit le buffet. Celui-ci dégageait un mélange de senteurs d'épices, de tabac, de sucre, de café et de vieux bois dont Elisabeth se souviendrait longtemps. Cette odeur resta dans sa mémoire, associée à sa première visite à la "Carrière".

- J'aime bien les gâteaux, madame.

Mélanie sortit une boîte en fer blanc, portant la marque du chocolat "Meunier". Bien rangées à l'abri de l'humidité, les petites galettes bretonnes, faites de farine, de sucre et de beurre, dégageaient leur odeur de pâtisserie sortant du four. Elle les présenta à Elisabeth :

- Tu peux en prendre deux.

- Merci, dit l'enfant avec un sourire.

Une porte s'ouvrit, madame Blanchoire resta quelques instants au fond de la pièce, puis s'avança. Habillée de sombre, elle portait ses lunettes en sautoir. Son cou était orné d'un ruban de velours noir, un chignon bien tiré retenait ses cheveux, rendant son visage encore plus anguleux. Elle intimida beaucoup Elisabeth, qui après la bonhomie de Mélanie, ne pensait plus qu'à partir. Curieuse, la dame en noir demanda :

- Tu es venue avec Augustin ?

- Oui, madame.

- Tu es sans doute la fille de sa femme ?

Elisabeth comprit qu'il fallait répondre oui. Elle le fit en saluant et en se retirant presque à reculons. Cette façon de parler de sa mère et d'Augustin, donnait une image désagréable de ses parents, à laquelle elle n'avait jamais pensé et qui la dérangeait.

La petite fille se réfugia dans la descente, sous les acacias. Assise sur le talus et le cœur gros, elle mangeait ses sablés en réalisant ce que voulait dire “Ne pas avoir de papa”. Monsieur Blanchoire avait demandé à Augustin : c'est votre “nouvelle” petite fille ? Et c'était bien l'homme qui s'occupait d'elle, comme un père. Cependant, madame Blanchoire avait dit “la fille de sa femme”. Elle n'était donc pas comme les autres enfants, à qui on pouvait parler simplement de leurs parents. Elle pensa à son grand-père, le père Vilmont, il lui manquait…

En entendant le sifflement joyeux d'Augustin qui descendait la pente, elle releva la tête. Il s'arrêta près du talus et lui tendit la main pour l'aider à descendre.

- Mélanie t'a donné des gâteaux ! Elle adore les enfants. Viens, nous allons prendre de l'eau à la citerne couverte.

Elle était heureuse de le revoir. Son cœur d'enfant savait qu'Augustin l'aimait, elle en oublia ses préoccupations. Pourtant, quelques instants plus tard, elle demanda :

- Mon nom, c'est toujours Elisabeth Guesdal ?

- Oui, répondit-il, amusé.

- Maman s'appelle madame Rolland maintenant, pourquoi le mien n'a pas changé ?

Augustin rit un peu plus fort, en sortant ses bouteilles pour cacher son embarras.

- Comme toutes les femmes, quand elles se marient, toi aussi, un jour, tu porteras un autre nom.

Sur leur gauche, le petit chemin passait devant l'atelier de menuiserie. Midi sonnait au clocher de Roz, les ouvriers rangeaient leurs outils et saluèrent Augustin d'un signe familier.

La citerne ressemblait à une fontaine, un filet d'eau claire coulait. C'était un réservoir, recouvert de longs rails de chemin de fer, s'allongeant devant la carrière de pierre aux couleurs de rouille. Celle-ci, comme une blessure, s'élevait jusqu'en haut de la falaise.

Après être passé sous un petit pont, le trop-plein du réservoir s'écoulait dans une mare où poussaient des nénuphars. Le floc d'un plongeon fit tourner la tête à Elisabeth, une grenouille refusait d'affronter leur présence. Perché sur un hêtre, un merle égrena ses notes douces et flûtées avant de s'envoler. Plus loin un lavoir couvert attendait les blanchisseuses.

- Cette eau est ferrugineuse et bien meilleure que celle de la citerne ou du puits des "4 Salines" creusé dans l'ancien marais. Tu comprends, elle vient de la roche. Il ajouta : c'est le point de départ de toute l'alimentation pour les polders.

Parce qu'elle était bonne, Augustin en prenait un verre à jeun tous les matins et lors de ses venues à la "Carrière", il en remplissait toujours ses bouteilles. Le petit chemin continuait entre les châtaigniers. Elisabeth voulut savoir où il allait.

- Il monte au bourg de Roz, en passant devant deux autres réservoirs. Dans les grèves, ils ont besoin de beaucoup d'eau pour abreuver leurs animaux.

Le précieux liquide était utilisé avec parcimonie, et on n'en mettait pas sur la table. Même les enfants buvaient du cidre. La plupart des maisons recueillaient, dans une citerne, les eaux de pluies ruisselant sur les toitures en ardoises. Elles servaient au lavage des légumes, à la vaisselle, à la toilette, mais n'ayant ni douche, ni salle de bain, le risque de gaspillage n'existait pas.

Le linge était lavé au lavoir.

Dans les polders, lors de la construction des fermes, le problème de l'eau s'était posé. On en trouvait facilement dans le sol mais elle était saumâtre et même les animaux refusaient de la boire. Il avait fallu mettre en place un système d'adduction et construire deux, puis trois réservoirs. L'eau venait du "terrain"* où elle coulait en abondance. La Compagnie avait installé des canalisations desservant chaque ferme. Elle en assurait l'entretien et la distribution.

Au retour, ils suivirent la route jusqu'au "Bas du Palais" puis se dirigèrent vers les "4 Salines".

Elisabeth s'adressa à Augustin. Elle avait pris l'habitude de l'appeler Parrain, comme son filleul le petit Victor.

- Parrain ! Un jour j'habiterai une maison comme la "Carrière" mais je ne ressemblerai jamais à madame Blanchoire.

Il regarda la petite fille affectueusement.

- Hum ! marmonna-t-il, en pensant à tout le chemin qu'elle aurait à parcourir.

Madame Blanchoire n'avait sans doute jamais été une enfant aussi jolie qu'Elisabeth, par contre il imagina la belle jeune femme que celle-ci deviendrait.

- Ce sera bon de la regarder grandir, se dit-il. Dans la mesure de ses moyens, il l'aiderait. Elle avait un air décidé, elle ferait son chemin.

Marie devait les attendre pour le repas de midi. Il pressa le pas en serrant un peu plus fort la main de la fillette. Au carrefour des petites routes, il la laissa courir et prévenir sa mère de leur retour. Il remerciait le ciel de lui donner tout ce bonheur

Sur la digue Elisabeth prit le temps de lire la pancarte qu'elle n'avait pas encore vue :

Propriété privée
circulation et chasse interdites.

*mot utilisé pour désigner les terres situées sur la falaise par opposition à l'ancien marais et aux polders

Augustin s'arrêta à la maison à la gargouille. Il désirait faire une proposition à Louis.

- As-tu constaté la reprise des braconnages sur ton territoire depuis quelques jours ?

- Oui, justement je voulais t'en parler… Ils doivent venir la nuit… Dans la journée, je n'ai rien vu de particulier.

- Nous pourrions refaire une opération commando comme la dernière fois.

Contrairement aux pensées de l'homme qui se déplaçait dans l'ombre, entreprendre une tournée de nuit, pour surprendre ceux qui voulaient absolument piéger du gibier sur ces terres privées, était un travail mais aussi et surtout un plaisir.

- Ce soir, si tu veux. Je viendrai te chercher vers minuit.

Dans l'attente des douze coups de l'horloge, Augustin s'était assoupi sur le banc près de la cheminée. Un grattement à la porte le tira de sa somnolence. C'était Louis. Il sortit sans bruit pour ne pas réveiller Elisabeth et Marie.

- Allez, on y va !

- Tu as ton fusil ?

- Oui, j'ai tout ce qu'il faut. Même une petite taupette, remplie en cachette de Joséphine, il ne fera peut-être pas chaud tout à l'heure.

Ils passèrent devant "l'Expérience" et remontèrent entre le polder Prétavoine et le polder André, limite de leurs périmètres respectifs. La nuit était sombre, les nuages cachaient la clarté de la lune mais ces deux compères savaient exactement où ils allaient. Ils devinèrent la grande ferme des Cotterets et passèrent à travers champs pour atteindre une digue plantée de peupliers.

- J'ai repéré des traces de lièvre l'autre jour, dit Augustin. Il doit y avoir un gîte dans les herbes en bas de la digue. Les braconniers aussi le savent, tu peux me croire.

Ils parlaient à voix basse, les bruits portaient loin dans cette nuit silencieuse. La parfaite connaissance de leur territoire leur permettait de découvrir rapidement qu'une compagnie de perdrix n'était plus au complet ou bien que le lièvre, aperçu quelquefois, avait disparu.

Arrivés sur le talus, ils s'installèrent au pied d'un peuplier, le dos bien calé, ne faisant qu'un avec l'arbre. Il était impossible de déceler leur présence. Interdit d'allumer pipe ou cigarette, elles se verraient dans la nuit.

C'est pour cela qu'il y avait la "taupette", une petite bouteille plate avec un bouchon à vis, facile à mettre dans une poche et remplie de calva. L'attente pourrait se prolonger.

Dans la douceur de cette soirée, on aurait pu croire que rien ne bougeait, même l'air semblait immobile. Pourtant en tendant l'oreille, on saisissait un frémissement dans les feuilles de peupliers, le grattement dans les herbes d'un lapin rentrant d'une tournée nocturne, les froissements d'ailes d'un oiseau venant se poser sans bruit. Louis et Augustin se taisaient, ils écoutaient et regardaient. Le temps passait.

Un instant la lune fit une trouée dans les nuages, éclairant de sa lumière blanche le paysage. Une silhouette venait vers eux. Sûr d'être seul, le braconnier se dirigeait sans hésitation vers le lieu où il avait posé ses collets. Il sauta un fossé, passa de l'autre côté d'une digue et se trouva caché aux yeux de nos gardes-chasse. Ceux-ci en profitèrent pour se déplacer en marchant courbés et vinrent s'aplatir sur le terre-plein, dissimulés par une haie d'épines.

Le braconnier allait être pris sur le fait. Un lièvre, prisonnier de son piège, ne se débattait plus depuis quelques heures déjà. Louis et Augustin choisirent le moment où le gibier fut mis dans la musette. Ils se dressèrent en même temps et dévalèrent le remblai avant que l'autre n'ait eu le temps de réaliser.

- Halte-là ! Mon bonhomme, tu es pris en flagrant délit de

braconnage. Ne bouges pas, nous sommes armés ! C'est bien un lièvre que tu as là ?

- Ben oui, c'est un lièvre mais il n'est pas bien gros.

Il était pris. Le risque, il le connaissait... L'infraction étant constatée sur les terres de la Compagnie Guérard de Noyeuil, c'était donc à Louis de verbaliser.

- Allez rentrons ! On y verra plus clair pour remplir le procès-verbal à la maison.

- Comme ça, c'est vrai, vous travaillez même de nuit ?

- Hé oui ! répondirent-ils, heureux d'avoir réussi leur entreprise.

Sur le chemin du retour, Achille Drolais que les gardes-chasse connaissaient bien, essaya de discuter :

- Vous n'allez pas me mettre un procès ? C'est la première fois !

- La première fois... C'est toujours ce qu'on dit. Nous, ce qu'on sait, c'est que plusieurs gîtes sont vides et des terriers de lapins aussi.

- Ah non, ce n'est pas moi ! Ecoutez, je vais tout vous expliquer.

- C'est ça, explique-nous !...

- Braconner ? Je n'y avais jamais pensé. Je ne savais même pas poser un collet et puis un jour quelqu'un m'a demandé : "J'aurai besoin de toi cette nuit, veux-tu venir avec moi ?" La curiosité ! Ben dame ! J'ai dit oui.

Puis, après un silence :

- La nuit était claire... Il m'a montré les traces, les gîtes et comment on faisait. Des collets il en avait et il savait y faire, je peux vous le dire. Nous sommes revenus avec deux lièvres et trois lapins... C'est pour ça qu'il avait besoin de moi, il ne pouvait pas être partout à la fois et vous guetter en plus.

Augustin et Louis se regardaient avec des airs entendus. Achille était connu pour être un peu simple et naïf, il racontait aisément son histoire, les gardes pensaient pouvoir lui tirer facilement les vers du nez.

- Et comment s'appelle cette personne qui t'a si bien appris à poser les collets ?

- Ah ça ! Je ne vous le dirai pas et vous ne pourrez pas m'y obliger. Je ne trahis pas les amis, moi.

- Parce que c'est un ami ?

- Oui, enfin... Ben voilà, je suis venu travailler à la ferme de la Haye-Jousselin cette semaine et j'ai vu un gîte avec des traces toutes fraîches. J'ai eu envie d'essayer, moi aussi, et de manger un bon civet. Vous savez ce que c'est ? Alors j'ai posé mon piège, en me disant que je viendrai le relever cette nuit et que personne ne me verrait...

- Tu as voulu essayer. Hé bien, t'as pas de chance mon gars !

- Ecoutez, le lièvre... je vous le donne, laissez-moi partir...

Dans ces cas là, Louis savait répondre avec un air sérieux, digne de son emploi.

- C'est impossible mon pauvre Achille, nous avons prêté serment devant les juges de Saint-Malo et d'Avranches*, alors, c'est nous qui serions parjures. Nous sommes assermentés. Tu as été pris la main dans le sac et de toute façon le lièvre est confisqué.

Les braconnages ne s'arrêtèrent pas pour autant et nos gardes savaient que ce pauvre Drolais, plus maladroit et vantard que retors, n'y était pour rien.

Qui était ce fameux "ami", capable de prendre deux lièvres et trois lapins d'un coup ?

* Les polders sont pour une partie dans le département de la Manche et pour l'autre dans celui de l'Ille et Vilaine.

2

La maison craquait en faisant des petits bruits dans sa toiture. En ce début de matinée, elle s'étirait sous un soleil encore timide. Astiquée de haut en bas par Marie et ornée de jolis rideaux à ses fenêtres, elle n'avait jamais été aussi pimpante.

Tenant sa promesse, Augustin avait aménagé la chambre d'Elisabeth et une cloison en planches séparait le grenier. La table pour écrire de sa mère avait été montée avec précaution sous la lucarne, pour en recevoir la lumière. Le lit, installé près du conduit de cheminée, avait fait dire à Augustin :

- Tu n'auras pas froid cet hiver.

Quand le soleil passa derrière les arbres, la maison s'assoupit à nouveau, la journée serait calme. Les habitants étaient absents, même l'enfant n'était pas là. La petite était chez Joséphine, elle riait dans le jardin de Louis avec Alexis et Antoine.

Bordé par un talus d'épines et de saules, le jardin semblait surélevé. Il s'avançait dans l'angle formé par la route des grèves et celle de Sainte-Anne, comme l'étrave d'un navire échoué dans les terres.

On avait demandé aux gamins de ramasser un panier de pissenlits dans le champ d'à côté. Elisabeth ouvrait les cages avec précaution en repoussant les petits museaux gourmands toujours prêts à s'échapper et Joséphine distribuait à chaque lapin sa juste ration.

Tous ces mouvements n'échappaient pas au cochon qui grognait d'impatience. Il se jeta gloutonnement sur sa pâtée de patates et de son, délayée dans l'eau de vaisselle. Il ne fallait rien perdre. La lavure était bonne pour le goret, puisque Joséphine nettoyait ses assiettes avec une poignée d'orties. Elle ne connaissait pas les détergents. N'ayant pas de fille, elle appréciait la présence de cette enfant sage.

De bonne heure le matin, Marie et Augustin s'étaient mis en route avec la charrette pour aller chercher le père Vilmont à Sainte-Anne. Bien qu'impatiente de revoir son grand-père, Elisabeth trouvait agréable de passer une journée chez les Rouvert avec les garçons. Elle découvrait, chaque jour, quelque chose de nouveau en compagnie des enfants de ce hameau.

Après les soins aux animaux, maintenant, elle aidait Joséphine à préparer le repas en épluchant des petits pois sur la grande table de la cuisine. Avec son pouce, elle ouvrait les cosses vertes pour libérer les gros grains, bien rangés dans leur étui et les faire rouler dans un saladier.

Dans la cheminée, un ragoût de lapin mijotait doucement. De temps en temps, Joséphine soulevait le couvercle de la marmite, il s'en échappait une bonne odeur de légumes et de viande revenue avec des oignons fins. Elle s'approcha de la porte "fermière" à deux battants horizontaux. La partie haute était ouverte

- Antoine ! Veux-tu aller chercher du pain chez Trauchon ?

Il arriva en courant

- N'oublies pas la coche !

Il décrocha un bâton de trente-cinq centimètres environ, pendu à une poutre du plafond. Celui-ci avait été rond mais n'était plus qu'une moitié, coupé dans le sens de la longueur.

Elizabeth intriguée, se demanda ce qu'il allait faire avec cette "coche" pour aller chercher du pain. Elle le suivit...

Le café-épicerie, dépôt de pain de la mère Trauchon, était le centre des "4 Salines" et l'endroit où il se passait toujours quelque chose.

On achetait et on y vendait. On venait chercher les nouvelles et on y colportait les siennes. Les pêcheurs s'y arrêtaient, en reve-ant des grèves pour raconter leurs exploits, pour boire un mic* ou vendre leurs poissons, si les mareyeurs de Saint-Malo ne venaient pas les chercher.

Les ramasseuses de coques s'y reposaient, après avoir déposé leurs sacs trop lourds devant la porte, et pour se réchauffer en hiver, elles n'étaient pas les dernières à demander le petit verre de calva qui va avec le café.

La mère Trauchon achetait des racines, celles de chiendent, mises de côté par les femmes en sarclant les cultures dans les polders, ou celles plus noires de consoude.

Une fois par mois, un "ramasseur" venait chercher la marchandise avec une voiture à cheval. Le produit servirait à faire des brosses ou serait dirigé vers des laboratoires pharmaceutiques. Il emportait également les os de sèche, très recherchés par les officines et par ceux qui aimaient les oiseaux.

La boutique était un bric à brac un peu sombre, sentant la fumée de tabac et le mic réchauffé.

Elisabeth eut un mouvement de recul, en entrant dans cet antre où les hommes parlaient fort. En habitué, Antoine se dirigea vers le comptoir plus haut que lui :

- Bonjour madame Trauchon, je voudrais un gros pain.

- Voilà mon gars ! C'est la petite d'Augustin sans doute ?

- Oui, c'est Elisabeth...

L'argent circulait peu. Joséphine, comme les autres, n'en gardait pas sur elle. Il restait enfermé dans son armoire. La quasi totalité du nécessaire quotidien, était fourni par le jardin

* café qui restait au chaud au bord de la cheminée et dans lequel on versait un petit verre de calva.

et les animaux de la basse-cour, sans oublier le produit de la pêche. Le pain se réglait une fois par mois, et la mère Trauchon, au lieu de tenir un cahier pour ses impayés, préférait utiliser le système de la “coche”.

L’autre moitié du bâton pendait chez elle, au-dessus de son comptoir, avec d’autres portant le nom du propriétaire inscrit à l’encre ou au fer rouge. Après avoir donné son pain de douze livres à Antoine, elle mit les deux morceaux du bâton côte à côte, à la même hauteur et avec son couteau fit une encoche sur les deux parties en même temps.

Au moment de faire les comptes, les deux bâtons réunis, seraient identiques avec le même nombre de traits. Pas de “coche”, pas de pain. La méthode, simple et rapide, n’autorisait pas la contestation.

Elisabeth n’avait jamais vu ce procédé, elle demanda :

- C’est ton père qui prépare les bâtons ?

- Oui, à la fin du mois, nous cherchons le bon morceau de bois tendre. Quand nous l’avons trouvé, le plus dur reste à faire : fendre la “coche” sans la casser… Sinon, il faut recommencer !

Pour le repas de midi, lorsque tout le monde fut assis autour de la grande table, Louis se leva et dessina avec son couteau le signe de la croix sur le dessous du pain. Il en coupa de grandes tranches pour tout le monde et Joséphine remplit les assiettes.

- Nous avons une demoiselle avec nous, les garçons ! Il va falloir vous tenir comme il faut.

Chacun avait sa vaisselle attitrée et pour Elisabeth, Joséphine déposa, devant elle, un verre des jours de fêtes, puis elle rappela à ses fils qu’on les attendait pour ramasser le blé à la ferme Duguais.

- Elisabeth vient avec nous ? demanda Antoine.

- Certainement, elle apprendra à faire des gerbes.

Alexis fanfaronna :

- Cette année, je vais battre le fils Duguais !

Son frère contesta :

- Ça m'étonnerait ! Il a quinze ans et il noue les gerbes aussi vite que son père.

- C'est ce qu'on verra, je prends le pari !

Louis venait de terminer sa dernière bouchée, il referma son couteau et le mit dans sa poche :

- C'est bien d'aller vite, conseilla-t-il à son fils, en se levant de table. Mais n'oublie pas, seul le travail bien fait a de la valeur.

- Je sais papa, vite et bien. C'est mon intention !

Joséphine rangeait les restes du dîner.

- Aidez-moi à débarrasser ! Plutôt que de "hucher"* comme des pies.

Depuis quelques années, de nouvelles machines pouvant facilement manœuvrer au milieu des grandes parcelles de terre, faisaient leur apparition dans les polders. Le père Duguais avait fait passer la faucheuse-javelleuse, les épis dorés s'étalaient à terre, en javelle.

Antoine montra à Elisabeth comment rassembler ces petits tas en gerbe, Alexis et Joséphine venaient les lier à leur suite. Le garçon s'était placé dans la rangée voisine de celle du fils Duguais et l'observait du coin de l'œil. Il allait aussi vite que lui. Arrivé à la fin du rang, il se redressa le premier et jeta un regard victorieux à son frère. Antoine riait de le voir si fier :

- D'accord, tu as gagné !

Puis il demanda à sa mère :

- Les hommes vont-ils venir nous aider à faire les treizins ?

- Je ne crois pas. Il vaudrait mieux s'y mettre mon petit gars.

- Viens ! dit-il à Elisabeth, je vais te montrer.

Ils rassemblèrent les dernières gerbes mais celles d'Alexis, nouées à la hâte, se détachèrent et provoquèrent un fou rire.

* parler fort (prononcer hucheu).

- Perdu ! claironna Antoine.

- Bon ! Ça va…

- Pour faire un treizin, il faut treize gerbes comme son nom l'indique, expliqua Antoine. Tu vois, j'en dispose quatre en croix, les épis au centre… Il en faudrait encore huit, tu veux aller les chercher ?

Il superposa deux autres croix de quatre gerbes.

- Et maintenant, il manque la treizième.

Il la prit dans la rangée la plus proche et la posa de manière à cacher les épis des douze autres.

- De cette façon, s'il pleut, le grain est à l'abri et il peut sécher tranquillement, en attendant de le mettre en barge.

- Après, on le rentre ?

- Non. Bien souvent, la batteuse à vapeur se déplace dans le champ pour les corvées de battage. Le travail est dur mais j'aime bien, le soir on fait la fête…

Joséphine avait apporté un panier avec quelques victuailles, du pain et du cidre.

- Venez les enfants, on s'arrête un peu.

Les autres aussi se mettaient à l'ombre des talus plantés d'arbres et se rafraîchissaient. Le fils Duguais avait remarqué le manège d'Alexis, il en profita pour le taquiner.

- Il va falloir manger encore un peu de soupe si tu veux me battre.

- Oh ! Il s'en est fallu de peu, tu verras l'année prochaine !

Les rires fusèrent et les plaisanteries furent bientôt remplacées par les provocations des garçons, jouant à mesurer leur force.

Joséphine, attentive à la bonne marche de leur tâche, se leva en grondant et referma son panier. Ce n'était pas le moment.

- Allez ! Les treizins ne sont pas terminés, il y a encore du travail. Nous devons avoir fini avant ce soir.

D'une voix plus douce, elle ajouta pour Elisabeth :

- Demain, monsieur Duguais nous autorisera à venir glaner. Toi aussi, tu pourras ramasser des épis pour les poules de ta mère.

À Sainte-Anne, la charrette était chargée. Avec l'aide des voisins, les Bouvier, Augustin descendait les ailes du moulin. Le Père Vilmont s'appuyait tristement sur sa canne près de sa fille. Tout un pan de sa vie s'écroulait. Tous les deux suivaient avec désolation les étapes de cette mise à terre. Marie rompit la lourdeur du silence.

- Tu étais vraiment obligé de le faire ?

- Hélas ! Oui ma petite fille, pour ces messieurs des impôts, même si je ne suis plus là, un moulin muni de ses ailes est en état de fonctionnement. Il reste redevable de la patente.

Depuis quelque temps, le long de la côte et sur les digues, se dressaient, de plus en plus nombreux, des moulins aux troncs nus, ressemblant à des oiseaux amputés.

François Vilmont serra la main de ses voisins et embrassa Félicienne, Gilette et Denise, les sœurs d'Augustin venues lui dire au revoir.

- On se reverra à la Saline, chez Alix.

- Oui, bien sûr…

Son vieux camarade Bouvier lui posa chaleureusement la main sur l'épaule :

- Veinard ! Entouré de tes enfants, tu vas te laisser vivre maintenant.

François Vilmont se contenta de lever sa canne un peu plus haut, en soupirant. Il considérait ses soixante douze ans, et n'oubliait pas le décompte, bien avancé, de ses jours.

On l'aida à monter dans la charrette et ne se retourna pas. Voir son moulin ainsi déshabillé lui aurait fait trop mal et il ne voulait pas montrer sa tristesse. Marie devina son désarroi, elle posa sa main sur la sienne et lui offrit son plus beau sourire.

- Elisabeth t'attend, tu sais.

Il se trouva bien ingrat et se reprocha son découragement. Au milieu des siens, la vie allait continuer, avec ses moments de bonheur. Lui aussi était heureux de revoir sa petite fille et tandis qu'Augustin poussait le cheval, il rendit son sourire à Marie.

- Hue ! Je voudrais bien être arrivé avant ce soir, moi. Allez avance... Hue !

Mais l'attelage était lourd et le cheval faisait ce qu'il pouvait. Il fallut presque deux heures pour parcourir les dix kilomètres qui les séparaient des “4 Salines”.

Les premiers virages dissimulèrent Sainte-Anne et le père Vilmont laissa ses pensées vagabonder vers la “maison” qu'il ne connaissait pas. La vieille digue emplissait ses souvenirs depuis longtemps, il l'empruntait déjà dans sa jeunesse pour venir chercher du blé dans les polders, à la ferme Touzard en particulier.

- Finalement la vie est toujours pleine de surprises, songea-t-il.

Il avait connu sa femme dans cette exploitation et elle venait le rejoindre sur cette même digue au début de leurs fiançailles. Le vieil homme revenait sur les lieux de ses amours et de sa jeunesse.

À leur arrivée, la famille Rouvert et les autres habitants du hameau attendaient Marie et Augustin pour les aider à ce nouvel aménagement. On ne considérait plus les Vilmont comme des inconnus, Marie semblait “bien comme il faut” et sa fille était “si mignonne”. Louis s'approcha :

- Bonjour Père Vilmont ! Toujours bon pied, bon œil à ce que je vois.

- Petit Louis ! Hé bien ! Si je m'attendais.

- On en a chargé du blé ensemble. Vous vous souvenez, à la grande ferme ? On ne vous suivait pas facilement à l'époque.

- Ah ! J'étais jeune et toi aussi. Quel âge avais-tu ?

- Les sacs pesaient lourd sur mes épaules... quinze ans, peut-être...

- Alors, nous allons être voisins ! se réjouit-il, tout en revoyant des images de ces années lointaines.

Marie descendit de la voiture.

- Ma foi oui, et ça me fait bien plaisir, père Vilmont.

Cette rencontre mettait du baume au cœur de François, un rayon de soleil y entra quand Elisabeth, montée à la place de sa mère, passa ses petits bras autour de son cou.

- Bonjour Grand-Père !

La charrette grimpa directement sur la digue, pour éviter au Père Vilmont de faire une trop grande distance à pied.

Il aperçut la pancarte et dit en plaisantant :

- Les polders sont toujours une propriété privée ?

- Bien sûr ! répondit Augustin. Les terres, les voies de circulation et les digues sont la possession de la Compagnie des Polders. Elle assure l'entretien des routes et ne pourrait pas tolérer que chacun puisse venir avec une voiture et creuser des ornières. Quant à la chasse, vous savez comme ils sont jaloux de leur gibier ? Les Guérard de Noyeuil aussi d'ailleurs. Même les fermiers n'ont pas le droit de chasser dans leurs propres champs.

Le père Vilmont contemplait le paysage, au-delà des peupliers, et devinait les transformations effectuées depuis sa dernière visite à Roz.

- Dès que tu seras allé chercher la carriole à Sainte-Anne, j'aimerais faire un tour dans les polders, pour voir les nouvelles digues et les nouvelles fermes.

Augustin acquiesça avant de s'adresser à Louis qui marchait près du cheval :

- J'ai eu une information concernant les braconnages. Si tu es libre dimanche matin, on va bien s'amuser.

- Dimanche matin ? Bon sang, oui ! Tu peux compter sur moi...

Marie tenait la porte ouverte pour accueillir son nouvel habitant. Louis et Augustin installèrent le lit et l'armoire du père Vilmont dans l'angle occupé par celui d'Elisabeth. Ils remplacèrent la table, un peu bancale, et le buffet par les meubles rapportés par Marie et faits en très beau bois de chêne par le menuisier de Cherrueix. Maintenant, la jeune femme se sentait vraiment chez elle, l'habitation était devenue sienne.

Le grand-père, un peu fatigué par le voyage, trouva tout de suite la place que la demeure lui offrait : sur le banc près de la cheminée. Il bourra sa pipe avec les même gestes qu'à Sainte-Anne et se laissa aller à la quiétude du moment. Une brisée de vent fit frémir les peupliers et un bruissement de vagues, roulant doucement sur le sable, arriva jusqu'à ses oreilles. Il ferma les yeux...

- Oui, il allait être bien ici.

Le lendemain, Marie et le père Vilmont triaient des vieux papiers et différents objets, rapportés de Sainte-Anne. Le coffre ouvert, occupait l'emplacement sous la fenêtre, côté sud comme à Sainte-Anne.

Sous les registres du moulin, Marie reconnut un des jouets préférés de son fils, son petit cheval de bois. Elle le prit dans ses mains, le retourna en caressant la crinière peinte de l'animal. Son regard s'était embué. Son père ne cachait pas son trouble. Les souvenirs ressurgissaient. Ils entendirent le rire du petit garçon, revirent ses boucles blondes et ses yeux tellement semblables à ceux de Marie. Elle écrasa une larme sur sa joue.

Elisabeth se demandait pourquoi ce frère inconnu pouvait encore faire pleurer sa mère. Elle n'en parlait pas souvent, mais à chaque fois, la fillette voyait bien la tristesse envahir son visage. Ce petit François, disparu avant sa naissance, devenait pour elle un mystère, une légende, un petit prince mort alors qu'il n'était qu'un enfant.

Augustin entra. Il vit tout de suite l'émotion de Marie et vint près d'elle.

- Je vais porter tout ça au grenier.

Il prit doucement le petit cheval, sans qu'elle s'y oppose et rabaissa le couvercle du coffre. Mais avant de monter l'échelle, il la prit dans ses bras dans un geste de tendresse qui, s'il n'effacerait rien, aiderait à chasser les ombres du passé. Elle lui sourit en essuyant ses yeux avec le coin de son tablier et, comme on ferme une porte, même si sa peine demeurait tapie au fond de son cœur, elle reporta toute son attention sur les vieux registres.

Le bonheur reste toujours à vivre et n'était-il pas là ce matin dans cette famille retrouvée ?

En redescendant, Augustin annonça :

- J'ai acheté un vélo ! Georges Maudais me le prépare pour demain.

Sans doute pour minimiser l'importance de cet achat, il ajouta :

- Il est d'occasion ! Louis en a un depuis plusieurs mois et quand nous partons ensemble faire une tournée, je n'arrive pas à le suivre !

Elisabeth s'approcha de lui.

- Tu m'apprendras à en faire ?

- Si tu arrives à attraper les pédales, oui bien sûr.

Georges Maudais avait la trentaine, d'un naturel optimiste, il fredonnait toujours en travaillant. Son père lui avait transmis sa forge au "Bas du Palais". Depuis son plus jeune âge, il avait appris à réparer les socs de charrues, les coutres et les rasettes, à façonner les bêches et les houes en tapant sur le fer rouge.

Bricoleur né, il comprenait en moins de deux un mécanisme. Il n'avait pas son pareil pour changer une pièce ou la réparer. Depuis leur apparition, il se passionnait pour les vélos. Dans sa boutique, on en trouvait des neufs, tout rutilant et d'autres qu'il vendait d'occasion, après les avoir réparés.

Il s'était pris d'affection pour Antoine, ce gamin intelligent et curieux qui venait l'aider pendant les vacances. Le garçon nettoyait les pièces et regardait bien comment Georges Maudais faisait pour les replacer sur les cycles. Il apprenait vite et s'appliquait du mieux qu'il pouvait, surtout depuis que Georges lui avait dit :

- Si tu arrives à remettre celui-ci en état, je te le donne ! De toute façon, je l'ai eu pour rien.

À la veillée, Elisabeth renoua avec les habitudes de Sainte-Anne et demanda à son grand-père :

- Raconte-nous une histoire, s'il te plait.

Il n'avait pas son pareil pour conter les évènements, vrais ou faux, et captiver sa petite fille.

- Quelle histoire veux-tu entendre ?

- Celle de la baie avec Saint-Michel.

- "Comme tu le sais, l'archange Saint-Michel et Satan n'ont jamais trouvé de terrain d'entente. Satan aimait défier l'archange, il espérait toujours pouvoir lui faire faire un faux pas. Après de vaines discussions pour se comprendre, ils se poursuivaient dans la grande forêt recouvrant alors la baie. Le diable faisait de grandes enjambées, du Mont-Dol, où il tenait en général ses quartiers, au rocher appelé encore le mont Tombe. L'archange disparaissait dans un ciel lui appartenant. Un jour, le diable interpella Saint-Michel :

- Faisons un pari pour déterminer lequel de nous est le plus fort !

- D'accord dit l'archange.

Satan affirma avec suffisance :

- Je vais construire un palais en vingt-quatre heures. Ce sera une splendeur, et il sera très difficile, même impossible de faire mieux que moi ! L'enjeu te convient-il ?

- Sans aucun doute ! répondit le Saint.

Ainsi fut fait. Le calme et la paix s'installèrent dans la forêt, et pendant toute une journée et toute une nuit, on ne vit ni Satan, ni l'archange, se traquer dans le pays.

Le matin, au lever du soleil, Satan sûr de lui, attendait l'archange. Celui-ci apparut au sommet du Mont Saint-Michel, bâti de ses mains sous la clarté de la lune.

- C'est ça ta construction ? s'esclaffa le diable. Ce n'est même pas un palais ! Regarde le mien, il brille de mille feux. Il est monumental, il est superbe.

Devant le rocher, s'élevait un immense château transparent renvoyant les reflets de plusieurs arcs-en-ciel. Plus de cent tours, de formes et de couleurs différentes, dépassaient des murs d'enceinte, les fenêtres s'ouvraient sur des pièces roses et bleues, ouatinées comme des nuages, des cascades argentées glissaient le long des toits.

- C'est vrai, approuva l'archange. Mais vingt-quatre heures ne sont pas tout à fait écoulées.

- Avoue que j'ai gagné, reconnais-le !

- Attendons tout de même la fin du délai.

Le soleil monta dans le ciel, chauffant la terre, et le palais renvoya plus de lumière que mille étoiles, puis au fil des heures, il perdit de sa hauteur et devint plus terne. Il fondait…

Le démon avait choisi la glace comme matériau de construction. Il croyait sans doute, que l'ange ne s'en apercevrait pas. À midi, il ne restait plus rien du splendide château. La glace retournée à son origine, l'eau se répandait et ensevelissait les arbres, formant la magnifique baie que nous connaissons. Elle s'étendait autour du mont Tombe, à la place de la forêt. C'était extraordinaire. Le Mont Saint-Michel semblait sortir de l'onde comme une pyramide surmontée d'une cathédrale.

Humilié, rageur et déçu, le diable ne pensait plus qu'à disparaître à tout jamais. La patience lui faisant défaut, il fit un faux pas dans sa fuite précipitée et dut se raccrocher au rocher du Mont-Dol. Toujours aveuglé par sa fureur, il laissa, dans la pierre, l'emprunte sulfureuse de son pied fourchu, visible encore de nos jours.

Voilà comment s'est formée la baie du Mont Saint-Michel, ma petite fille."

Assise aux pieds de son grand-père, Elisabeth avait les yeux émerveillés des enfants à qui on raconte les légendes qui font rêver.

- As-tu vu une forêt autour du Mont ?

- Non, ces temps sont trop anciens mais je connais son mon. Elle s'appelait : Scissy.

- Une autre histoire, grand-père ? pria-t-elle, en baillant.

Pour lui faire plaisir et revoir ses yeux éblouis, François fouillait déjà dans sa mémoire, comme dans un livre. Marie ne lui en laissa pas le temps et répondit à sa place.

- Demain ! C'est l'heure de se mettre au lit, d'ailleurs je vais y aller moi aussi.

Augustin ne se rendait pas toujours à l'office dominical, mais ce matin-là, il avait revêtu son costume et enfourché son vélo en disant :

- Je pars avec Louis. Nous vous retrouverons devant l'église.

Après avoir dénoué les cheveux d'Elisabeth, Marie les attachait avec un ruban. Toutes les deux, dans leurs robes du dimanche, se préparaient à rejoindre Joséphine et les garçons pour aller à la messe. Avant la montée du bourg, on suivait la route droite et plane, enjambant le canal de la Banche qui draine l'eau de l'ancien marais.

Lors d'un retour de la "Carrière", Elisabeth avait demandé à Augustin :

- Peux-tu me dire ce que représente un kilomètre ?

Il s'arrêta pour lui répondre :

- Regarde, c'est la distance entre la digue de la Duchesse Anne et le "Bas du Palais".

Le bourg attirait encore davantage de monde le dimanche. Les Rozéens arrivaient du "terrain" ou des polders, à pied, en voiture à cheval ou en vélo pour répondre à l'appel des cloches.

Les boutiques des cafés-épiceries et des boulangeries ne désemplissaient pas, sauf un peu pendant le prône de monsieur le curé. On y venait pour faire des achats, boire un mic ou discuter avec les connaissances.

Le détour incontournable, était de passer chez "Laurette", le magasin le plus important de Roz. On y trouvait du tissu pour faire des vêtements et de la toile pour les draps, de l'huile, du café et du tabac, tous les objets utiles ou inutiles et même des bonbons. Elle fournissait également le manger et le dormir.

Laurette trottinait dans sa boutique, plus qu'elle ne marchait. Petite, elle était toujours habillée de gris et savait vous dénicher la chose que vous n'espériez plus trouver. Quand elle vous regardait, tout attentionnée à vos souhaits, vous aviez l'impression d'être la personne la plus importante qu'elle ait jamais rencontrée.

Sur la place, les deux amis discutaient avec la gent masculine en attendant leurs femmes. À leur arrivée, ils entrèrent avec elles dans l'église où quelques minutes plus tard tout le monde se mit debout pour chanter les premiers psaumes. Nos deux compères choisirent ce moment pour disparaître, discrètement, par la petite porte du fond, au grand étonnement de Joséphine et Marie.

- Pourquoi leurs hommes se comportaient-ils aussi étrangement ?

Elles se regardèrent intriguées et continuèrent de psalmodier sans s'inquiéter davantage, ils avaient dit "être occupés" ce dimanche matin.

Dehors, Augustin et Louis observèrent, sans se faire voir, les deux lascars qui guettaient depuis tout à l'heure leur entrée dans l'église et se réjouissaient de la tournure des évènements.

- Ça y est, ils sont à la messe ! Nous sommes tranquilles pour deux bonnes heures. On peut y aller.

Les gardes, après avoir eu vent de ce petit complot, avaient caché leurs vélos et pris soin de s'exhiber sur la place dans leurs costumes du dimanche, afin de ne laisser aucun doute concernant leur emploi du temps.

Quel plaisir de redescendre le palais sur les engins à deux roues ! Et de retrouver ces deux lurons en mal de braconnage, du côté de Bas-coin conformément aux indications de l'informateur. Cette fois-ci, ils comptaient aller à la chasse aux perdrix, le fusil en bandoulière, sans se cacher, puisque tout le monde était à l'office.

À l'abri des regards, appuyés sur le remblai de la digue, ne laissant apparaître que leur képi, les gardiens de la faune conservaient une vue imprenable sur la scène en préparation. Calmement, ils patientaient... Ce ne fut pas long. Un envol, quelques coups de feu rapprochés, le temps pour ces chasseurs du dimanche d'aller chercher leur gibier, ils avaient la main au collet. Leur surprise fut grande :

- On vous croyait à l'église…

- Hé bien non ! Il ne faut pas toujours se fier aux apparences. Vos papiers s'il vous plait ?

En réalité, tout le monde braconnait un peu et chacun le savait. Les fermiers, pour qui il était facile de mettre des pièges sur leurs terres et les autres, n'hésitant pas à descendre dans les polders avec un fusil, en l'absence des gardes-chasse. Ceci n'empêchait pas les bonnes relations, quand les uns n'étaient plus braconniers et que les autres avaient quitté leurs casquettes.

Augustin et Louis rentrèrent à la maison en plaisantant et en s'amusant comme des enfants.

- Viens ! Nous allons boire un coup de cidre en attendant le retour des femmes.

Ils racontèrent leur histoire au père Vilmont, avec force détails et celui-ci riait encore avec eux, lorsque Marie et Elisabeth revinrent de la messe.

Le lendemain, Augustin, après avoir réfléchi à leur affaire de la veille, vint voir Louis.

- Tu veux mon avis ? Ce n'est pas parce que nous avons pris le père Malgoire et Gilbert Fauvel que les braconnages vont s'arrêter. Ceux-là, ce qu'ils aiment, c'est s'amuser un peu le dimanche. Le reste du temps, ils ont mieux à faire.

- Tu as raison, il y a quelqu'un d'autre et lui, il travaille en vrai professionnel. Hé bien ! Il va falloir lui mettre la main dessus…

Un jour, Antoine arriva tout fier sur le vélo réparé et donné, comme promis, par Georges Maudais.

- Quand tu auras un peu d'argent, tu pourras le repeindre et t'acheter des accessoires.

C'était un vélo de femme, plus pratique à enfourcher qu'un cycle d'homme pour le jeune garçon. Il avait appris seul et s'exerçait maintenant à faire des virages serrés et des arrêts en bloquant sa roue. Elisabeth le regardait, envieuse.

- Antoine, s'il te plait… Laisse-moi essayer…

Ce n'était pas dans son caractère d'être très conciliant avec les filles, mais comment refuser quelque chose aux yeux bleus d'Elisabeth ?

Il lui montra la bonne position des pédales en lui tenant la selle, puis elle se lança toute seule pour descendre la digue. La petite fille venait de découvrir l'équilibre sur deux roues, le reste vint très vite. Il y eut bien une bûche ou deux et une écorchure au genou mais sans gravité.

Victor venait souvent aux "4 Salines", sur sa bicyclette, pour voir ses camarades, Antoine et son voisin Paul. Les enfants partaient sur les petites routes des polders et s'amusaient à se faire peur sur les digues, en les passant à vive allure pour ressentir le léger décollage sur le terre-plein, à la montée et à la descente.

Ils allaient rapidement jusqu'à la grève. Elisabeth venait avec eux, assise sur le porte-bagages de l'un ou de l'autre. Ce jour-là, ils découvrirent des os de margattes* en grande quantité dans les herbus.

Les margattes ne vivent qu'une année. La marée les apporte sur les grèves où elles se dessèchent, ne laissant au soleil que leur os blanc bien connu et une odeur nauséabonde. Antoine ne dit rien.

Le lendemain, Elisabeth le vit passer avec son vélo et des sacs de jute attachés sur le porte bagage. Victor aidait ses parents à la Saline. Alexis remplaçait le berger absent sur le polder Villebrune, à la ferme Coueffet. Paul avait trouvé du travail à Saint-Louis.

- Où vas-tu ? lui demanda-t-elle.

- Je vais ramasser des os de margattes. La mère Trauchon les achète douze francs les cents. Tu as vu hier, il y en avait plein.

- Je viens avec toi ?

- D'accord ! Mais prend des sacs, toi aussi.

- Attends-moi ! Je vais le dire à maman.

Elisabeth sur le porte-bagages, ils roulèrent jusqu'à la digue à flot et laissèrent vélos et chaussures pour marcher librement dans les herbus. Cette manne providentielle allait leur rapporter de l'argent.

* seiches

- J'aimerais bien avoir un vélo comme toi, dit Elisabeth. Tu crois que je pourrais m'en acheter un, si je ramasse beaucoup de margattes ?

- Certainement, je demanderai à Georges Maudais. Moi, je voudrais mettre une lumière et puis des poignées en cuir sur le guidon.

Les enfants rêvaient en rassemblant les os de seiches dans les sacs. Il y en avait tant et tant qu'ils n'en voyaient pas la fin. L'après-midi s'achevait. Sans bruit, le soleil glissait à l'horizon et, envahis par leurs projets, les gamins n'entendaient pas le souffle des petites vagues de la mer remontant sur la tangue.

Le soir arrivait. Inquiète, Marie alla voir Joséphine. Pourquoi les enfants ne rentraient-ils pas ? Celle-ci essaya de la rassurer.

- Antoine a l'habitude de la grève.

- Mais il est tard Joséphine. Regarde le soleil !

Joséphine fronça les sourcils.

- C'est vrai ! En général, il revient beaucoup plus tôt.

- Et s'ils étaient tombés dans une criche* ?

- Ne dramatise pas, Marie ! Ils sont deux. Tout de même, allons voir ! Je vais prévenir Louis.

- Et moi, Augustin.

Les hommes prirent les vélos pour aller plus vite. Marie et Joséphine marchèrent de leur pas le plus rapide. Pendant ce temps, les gamins avaient terminé de remplir leurs sacs et se rendaient enfin compte de l'heure.

- Il faut rentrer Antoine ! Les parents vont s'inquiéter.

- Tu as raison, mettons tout ça sur la digue ! Regarde ! La mer arrive.

Ils avaient les pieds dans l'eau. Le garçon se mit à tirer de toutes ses forces sur un sac trop lourd. Son pied glissa dans la tangue, il tomba. La mer recouvrait déjà ses jambes. Rapidement, il se remit debout et recommença ses efforts, il n'allait pas abandonner tout ce butin quand même.

* trou ou petit bras d'eau dans la grève.

Elisabeth venait de réussir à mettre un lot de margattes à l'abri. Ils se regardèrent. L'inquiétude se lisait dans les yeux d'Antoine.

- Nous n'aurons jamais assez de temps…

Soudain, ils entendirent des voix. On prononçait leur nom sur la grève. Ils fouillèrent le crépuscule, Augustin et Louis marchaient sur la digue.

- Hé bien ! Que faites-vous ? Vos mères sont inquiètes et vous croyaient déjà disparus dans une criche ! Vous devriez être rentrés depuis longtemps.

- Si elles tiennent leur promesse, vous pouvez vous préparer à une belle correction !

Ce n'est pas ce qui inquiétait Antoine et Elisabeth.

- Papa, regarde ! Nous avons ramassé tout ça et les autres sacs sont là-bas. Il faudrait vite aller les chercher, avant que la mer ne les emporte.

La petite fille prit la main d'Augustin pour se rassurer.

- Parrain ! Nous allons avoir beaucoup d'argent. Je vais pouvoir m'acheter un vélo !

Les deux hommes évaluèrent la situation, il fallait agir promptement. Sans hésiter, ils mirent les pieds dans l'eau et rapportèrent un à un les sacs sur la digue. C'était une belle récolte ramassée par ces enfants en quelques heures.

Louis ne cacha pas sa surprise. Oubliant l'inquiétude qu'ils avaient provoquée, il demanda avec une pointe d'admiration :

- Sacrés gamins ! Comment alliez-vous faire pour rapporter votre pêche ?

Ils n'y avaient pas pensé. Subitement, Antoine renouait avec ses frayeurs de jeune enfant. On pouvait se perdre, dans cette grève dont on ne distinguait plus les limites. Le garçon se mordit les lèvres et remercia le ciel de la présence de son père.

Elisabeth réalisait le danger auquel ils venaient d'échapper. Mon dieu ! En tombant, Antoine aurait pu glisser dans un trou d'eau. L'ombre l'enveloppait, elle frissonna. L'humidité poisseuse se collait à ses jambes et le clapotis de l'eau, lancinant, menaçait contre la digue. Alors, en voyant sa mère arriver avec Joséphine, elle se jeta dans ses bras en pleurant.

- Maman !

Marie, rassurée de retrouver sa fille saine et sauve, n'eut pas le courage de gronder cette enfant qui pleurait déjà. Joséphine aurait bien tiré les oreilles de son garçon, mais à la vue de cette quantité d'os de margattes, rapidement elle calcula le bel apport d'argent. Elle non plus ne dit rien.

Ce soir là, dans les dernières lueurs du jour, l'homme qui se déplaçait la nuit, se demanda si les contrebandiers n'étaient pas de retour. Il chercha en vain, à reconnaître les silhouettes courbées sous de volumineux paquets, avançant lentement sur la route qui revient de la grève.

Le mois de septembre annonça la rentrée des classes et les enfants oublièrent momentanément leurs rêves concernant les vélos. Victor venait le matin rejoindre les écoliers partant des "4 Salines". Ensemble, ils montaient le Palais.

Les sœurs tenaient l'école des filles dans le haut du bourg et le Maître attendait les garçons à la mairie, en face de Caruel. Dans sa classe, Elisabeth était la nouvelle, mais pas tout à fait une inconnue. Au cours de l'été, on avait aperçu la fillette dans la grève, aux "4 Salines" ou à la messe, le dimanche. Etait-ce son sourire facile, la douceur de ses yeux bleus ou ses cheveux trop lisses et trop blonds ? La petite fille attirait. Elle se fit rapidement des amies : Marie-Louise demeurant au "Bas du Palais" chez sa grand-mère et Amélie dont les parents tenaient la ferme du polder André dans les grèves.

Elisabeth aimait apprendre. L'histoire et la géographie l'intéressaient. Mais la poésie avait sa préférence. Elle apprenait par cœur les strophes et se les récitait le soir, en rentrant chez elle.

Connaissez-vous sur la colline
Qui joint Monlignon à Saint-Leu
Une terrasse qui s'incline
Entre un bois sombre et le ciel bleu…

Elle goûtait les mots, les rimes lui venaient naturellement et la comblaient de bonheur.

Au cours du mois, revint la période des grandes marées, celles dont l'amplitude découvre, en face de Sainte-Anne, le banc des Hermelles. Au hameau, devant chaque maison, on pouvait voir des filets tendus. Chacun vérifiait l'état de son havenet et préparait ses paniers. Augustin avait fait un petit dossier* pour Elisabeth qui n'aurait jamais manqué la marée.

- Le bas de l'eau est à quatorze heures, annonça-t-il, penché sur le calendrier des postes.

- Combien faut-il pour aller aux herbus ? demanda Marie

- On "engrève"** sous Colombel… Une bonne demi-heure pour y aller… Plus une heure et demie, environ, pour rejoindre les crassiers.

- Alors, il faudra partir un peu avant onze heure… Elle ajouta : nous prendrons une collation dans la matinée.

C'était un jeudi, jour sans école et les enfants se faisaient une fête de pouvoir participer à l'événement. Pour les parents, la pêche, ce moment de détente privilégié, était d'abord un moyen de nourrir la famille même si le plaisir primait.

Tous aimaient la grève, rapporter du poisson et des coquillages, surprendre un congre, le débusquer dans son trou et l'attraper, s'apercevoir qu'il est énorme et le montrer, découvrir les crabes dans les mares, au pied des crassiers, ou remplir son panier de crevettes, trier les petites soles et voir ces beaux poissons aux ventres blancs, bouger, en pensant au régal qu'on en fera ce soir, avec un bon morceau de beurre dans la poêle.

* panier pour la pêche qu'on porte sur le dos.
** prononcer engreuv.

Ces grandes étendues, aux couleurs changeantes, envoûtaient. L'inconnu, la surprise et l'interrogation étaient toujours au rendez-vous : la pêche serait-elle bonne ?

Le pêcheur plongeait dans l'immensité, ressentait l'isolement et la coupure avec le monde traditionnel, il avait le sentiment de participer à quelque chose de fort et de dangereux, dans l'espace abandonné par les flots, retirés pour quelques heures à plus de dix kilomètres des côtes.

Il entendait le sifflement du vent, les cris des oiseaux et le murmure de l'eau restée en grève dans les odeurs acres des goémons et de la vase.

Cette après-midi là, il ne restait pas beaucoup de monde dans la douzaine de maisons du hameau, mais un peu de solitude ne déplaisait pas au père Vilmont.

N'avait-il pas ses souvenirs ? Ou bien comme à Sainte-Anne, une étagère supportant ses livres apportés du moulin.

Il prit une chaise et s'assit à l'ombre d'un peuplier. Au travers de ses transformations, il retrouvait facilement l'originalité de ce paysage, si souvent contemplé, à l'époque où les polders n'existaient pas et où la mer le recouvrait encore.

Il remonta plusieurs années en arrière... Avait-il sept ou huit ans ? Son père le laissait prendre les rênes du cheval et il retenait sans erreur, le nombre de sacs de blé indiqué par monsieur Touzard, le jeune régisseur du comte Doynel de Quincey.

Après des échecs répétés et devant les sautes d'humeur incontrôlables de la mer, le comte s'était décidé à prendre les conseils d'un ingénieur. Il faut bien le dire, la réalisation d'un endiguement sur cent quatre vingt hectares, résistant depuis plusieurs mois à la mer, pouvait être considéré comme un exploit.

Le grand enclos ne ressemblait pas à la ferme expérimentale d'aujourd'hui mais il produisait déjà du blé. François et son père venaient le chercher pour le moudre à Sainte-Anne. Aucun bâtiment n'existait et le Couesnon n'était pas canalisé.

À son arrivée dans la baie, après l'anse de Moidrey, le cours d'eau passait devant la pointe du Pas au Bœuf et suivait la digue de la Duchesse Anne jusqu'à la Bégossière, ensuite il reprenait subitement la direction de la pleine mer, où il allait se perdre en créant des méandres et des marécages imprévisibles.

Ses débordements alimentaient souvent les conversations de monsieur Touzard avec son père.

- Cette rivière vagabonde ne respecte vraiment rien ! Vers Cotterets, plusieurs digues ont été détruites et les terrains, encore une fois abandonnés…

- Doit-on se résigner à subir ces désastres ? De simples particuliers seront-ils capables de les empêcher.

Le caractère destructeur et changeant de la rivière intriguait François, et pour bien comprendre ces phénomènes, il avait suivit de près les travaux d'endiguement du Couesnon et pris le temps de lire plusieurs articles débattant du sujet.

Pendant plusieurs mois, la mer restait sagement au-delà des digues. Les blés dorés tranchaient sur le vert des herbus, les moutons et les oies grossissaient et prenaient ce goût incomparable que donne l'herbe de la baie. Et puis sans prévenir, en se moquant de l'impuissance des hommes à l'arrêter, un soir où le vent soufflait un peu plus fort, elle détruisait les remblais de protection et noyait les récoltes.

Cette belle assurance devait être pourtant un peu entamée. La mer ne venait plus, depuis très longtemps, battre les pieds de la falaise morte. N'avait-on pas découvert les vestiges d'un quai au "Bas du Palais" ? Preuve de sa présence ancienne.

François admira la ténacité des hommes. Leurs premiers efforts pour la construction d'une digue, sur le tracé du cordon littoral, remontaient au 11ème siècle. Entraînant la formation de marais, le cordon s'était constitué lentement dans la baie, dégageant de larges bandes de terre où venaient s'abriter les pêcheurs. Achevée au 16ème siècle, à l'époque de la Duchesse Anne, on donna son nom à la digue des marais de Dol.

Un instant, François pensa à compulser encore une fois, ce fameux dossier, fruit de ses recherches, pour mieux assimiler l'histoire de cette baie, unique au monde. N'avait-elle pas suscité la convoitise et fait couler beaucoup d'encre, provoquant sur plusieurs siècles démarches et polémiques ? "La belle" ne s'était pas laissé domestiquer facilement. Mais le moment trop agréable et les évènements trop anciens, le firent renoncer. Il préféra admirer la course du soleil, elle offrirait dans quelques heures la splendeur de son coucher.

La mer scintillait au-delà des peupliers et le ciel renvoyait des reflets bleus sur les blancs des tangues. François plongea dans une rêverie où sa mémoire, sans avoir à la solliciter, menait le jeu.

Il sourit en évoquant la puissance et l'indépendance de cette rivière, courant dans la baie pendant des siècles sans jamais se laisser vaincre. Si elle n'avait pas été aussi désastreuse, il aurait eu de l'admiration pour cette force indomptable.

Les extravagances du Couesnon ne dataient pas d'hier et les projets pour le canaliser non plus. Dés le 16ème siècle, on trouve une première étude présentée par l'architecte du roi. Il semblait que la déviation de la rivière et l'agrandissement des zones cultivables seraient aussi évidentes que l'édification de la digue de la Duchesse Anne. Il n'en fut rien. Le tracé de la digue des marais de Dol s'était défini seul au cours des siècles en se formant par des apports de sable et de tangue.

Un peu plus tard, les Hollandais, ces bâtisseurs de digues, espérant pouvoir appliquer des règles semblables à celles utilisées dans leur pays, proposèrent la construction d'un ouvrage sur vingt-cinq kilomètres, entre Château-Richeux et Carolles. Vauban lui-même, étudia un plan très ambitieux pour étancher la baie, en rejetant les trois rivières, la Sée, la Sélune et le Couesnon, dans la Rance près de Saint-Malo.

Tous ses projets plus ou moins fous, restèrent sans suite où tombèrent à l'eau. Étancher la baie ! Ne suffisait-il pas d'attendre ? Le temps allait s'en charger, au-delà même des espérances de cette époque.

Au début du 18ème siècle, le domaine royal jugea que l'enjeu en valait la peine, Il voulut pour la première fois s'approprier les marais, déclenchant débats et protestations.

Il ne fallut que deux ans au flot pour envahir toutes les terres après avoir détruit les digues.

Quarante ans plus tard, comme un chevalier voulant tenter sa chance, un armateur granvillais, le sieur Quinette de la Hogue entra en lice, faisant valoir qu'il possédait des créances sur le Trésor Royal. Sans hésiter, il demanda, à titre d'indemnité, une grande partie des grèves de la baie du Mont Saint-Michel. Ce fut une levée de boucliers. Pour une fois, Bretons et Normands se mirent d'accord et s'opposèrent à ce projet. Partisans et défenseurs de la baie existaient déjà.

En réalité, tous voulaient profiter de ses avantages et de ses richesses. Même les religieux du Mont Saint-Michel invoquèrent leur droit de propriété sur les terrains à concéder.

Hélas, les bénédictins furent dans l'impossibilité de présenter les titres primitifs des donations, faites par les ducs de Normandie, à leur abbaye. Ces pièces avaient été détruites par le temps, les incendies ou les guerres.

Après de nombreuses transactions, on donna sa chance au sieur Quinette de la Hogue et une concession, allant du Couesnon passant au-delà des "4 Salines" jusqu'à trois cents toises* du Mont, lui fut accordée. Rien ne pouvait être facile dans cette baie de légendes. Les communes normandes, d'Avranches, Huisnes, Beauvoir et Ar-devon, ayant déjà fait la conquête de terrains, n'entendaient pas laisser aller les choses aussi

* environ 582 mètres.

simplement. Elles provoquèrent de nombreux procès, invoquant le fait que tous travaux d'endiguement produiraient sur le bord opposé, c'est à dire sur leur côte, des désastres.

Le sieur Quinette de la Hogue, très obstiné, dut attendre le début du 19ème siècle pour obtenir une modification de la concession et l'autorisation de commencer des travaux.

Le Couesnon devrait être dérivé et longer le Mont Saint-Michel à l'Ouest. Mille forçats furent mis à disposition pour l'ouverture d'immenses chantiers.

Trois ans plus tard, à la marée de septembre, la mer en fureur détruisait la totalité des ouvrages et le gouvernement, encore une fois, annula la concession.

Il semblait que tous les efforts des hommes pour capter la force de la rivière ne pouvaient aboutir. Indépendante, elle coulait toujours au milieu de la baie.

Le sommeil engourdissait François. Il n'évoqua pas les déboires de la famille Pallix, succédant aux Quinette, dont les procès s'étalèrent sur plusieurs décennies, alors que les plans les plus téméraires continuaient de prendre forme sous la plume des géomètres ou des ingénieurs.

Après l'idée de renvoyer les trois rivières de la baie dans la Rance, on proposait la déviation du Couesnon par un canal jusqu'à la Roche Torin. Là, il recueillerait les eaux de la Sée et de la Sélune pour ensuite les rejeter près de Carolles ou de Granville.

Assoupi, le père Vilmont ferma les yeux sur des rêves où la baie, comme une femme fluide et impalpable, lui souriait.

En fin de matinée, des petits groupes s'étaient mis en marche, le havenet sur l'épaule pour les hommes, le panier au bras pour les femmes. Elles s'arrêtaient les premières sur les bancs, moins loin que les crassiers, pour ramasser les coques dans le sable.

Marie ne se contentait pas de cette simple pêche où il suffisait de se baisser pour ramasser les coquillages. Elle aimait aller dans l'eau et pousser son havenet, pêcher la crevette et les petits poissons ou ramasser les huîtres sortant du sable au flux de la marée. Elle avait appris à Elisabeth à se diriger dans la grève, à prendre des points de repères avec la côte, en lui montrant les emplacements à éviter, là où le sol était trop mouvant, en lui indiquant le passage de la "Saure", ce bras d'eau parfois salé et souvent profond, se formant seul dans la grève.

Les enfants avançaient en tête. On les entendait rire et parler fort : Elisabeth, Antoine, Alexis et Paul...

Marie marchait près d'Augustin. Ils s'étaient déjà retrouvés aux Crassiers mais c'était la première fois qu'ils partaient ensemble des "4 Salines". Ils n'éprouvaient pas le besoin de parler pour se comprendre. D'un même regard, ils suivaient la vieille digue, parallèle à la petite route de Palluel. La-haut, dans un bosquet, se cachait le lieu de leurs premiers aveux.

À la Saline, Victor se joignit à eux, et de suite il se dirigea vers Elisabeth dont il aimait la présence. Alix leur fit un signe de la main, elle n'allait pas à la pêche.

Au hameau de Palluel, ils s'arrêtèrent un instant pour embrasser la tante Jeanne, seule depuis le décès de l'oncle Fouquet. Marie gardait toute son affection à sa tante, toujours présente à ses côtés dans les moments importants de sa vie.

Après avoir franchi la digue de la Duchesse Anne, la petite route se dirigeait vers Mauny, d'où ils s'orientèrent vers Colombel en passant devant Saint-Louis. On "engrevait" après la Croix-Morel. Ils traversèrent les herbus, recouverts des plantes rases poussant dans la baie. En marchant sur la salicorne, elle dégageait son odeur si caractéristique d'iode et de sel.

Le plaisir commençait...

Ils s'enfoncèrent dans l'étendue, libérée par la mer qui se retirait encore, laissant un peu d'eau courir sur la tangue. Ils contournèrent le banc de sable, aux couleurs indéfinissables de jaune et de rose mélangés. Les enfants grimpèrent dessus pour apercevoir plus vite le massif des Hermelles.

Comme une immense bastide, une forêt de buissons arborescents, constitués de tubes de sable d'une hauteur de deux à trois mètres, s'étendait à perte de vue. À partir de là, c'était chacun pour soi. Les pêcheurs, souvent seuls et disséminés dans l'espace couvert par les Crassiers sur plusieurs milliers de mètres carrés, gardaient leurs habitudes et leurs coins préférés. Marie et Augustin allèrent tout de suite au bas de l'eau pour voir s'il y avait de la crevette, les garçons restèrent dans les crassiers, espérant y trouver un congre. Elisabeth cherchait des crabes, Joséphine en retrait, ramassait des coques.

Louis se dirigea vers Augustin et Marie pour pêcher avec son dranet*, en attendant le moment où les huîtres se feraient voir quand elles sentiraient le montant de la mer. Elles se manifestaient dans quelques centimètres d'eau, par une petite boursouflure de sable autour de la coquille, provoquée par leur déplacement ou leur fermeture.

Pendant une heure et demie, chacun fut attentif à ce qu'avait bien voulu abandonner aux pêcheurs, cet élément qui grondait au loin. Dans quelques heures, tous le savaient, la mer aurait repris son territoire. Le moment n'était pas aux conversations, on pêchait en silence, les yeux fixés sur le sable, pour ne pas manquer le poisson ou le crustacé qui était là.

Dans son sommeil, François revivait des épisodes de sa jeunesse, distinctement il entendait parler son père :

- Chez les anciens, la peur des grandes inondations demeurait très présente. Le marais pouvait être encore noyé au siècle dernier. Des bestiaux et des personnes mouraient dans les eaux, même la vieille digue n'a pas toujours arrêté la mer.

Monsieur Touzard répondait :

* havenet.

- Le grand ennemi à combattre pour défendre les endiguements, ce n'est pas la mer, c'est le Couesnon ! C'est cette rivière la cause du mal. Elle est là, sous les digues et dans les enclos. Elle les attaque sans cesse depuis toujours...

François fronça les sourcils, sa belle rivière devenait une "vouivre", plus dangereuse que la mer elle-même.

- Aux grandes marées, continuait monsieur Touzard, le flux et le reflux sont très puissants et le mascaret très rapide. Les talus sont alors minés à leur base, de grandes crevasses se forment et des blocs de terre, parfois couverts de récoltes sur plusieurs mètres de large, disparaissent dans les flots. Vous avez certainement entendu ce grand bruit sourd au loin ?

- Bien sûr. On dirait l'affaissement d'une maison...

- Pourtant, quand les eaux de la marée ont disparu, la rivière redevient paisible et son cours est généralement peu profond et peu rapide.

- De nombreux essais ont été faits pour l'enfermer. Vous les connaissez ? Seront-ils un jour couronnés de succès ?

- Oui, bien sûr, répondait monsieur Touzard songeur. Nous y arriverons.

- Le Couesnon n'a pas de limite. Au début du siècle, il venait jusqu'à Sainte-Anne et vous savez ce qu'on dit : "Tous les trente ans on peut le retrouver en Bretagne ou en Normandie".

- Je viens d'apprendre que les gens de la baie des Veys, les "Mosselman et Donon", font actuellement des transactions pour obtenir de Napoléon III, une concession de quatre milles hectares, de Sainte-Anne au Mont Saint-Michel. Eux peut-être, pourront réussir à endiguer cette terrible rivière.

Une saute de vent fit bruisser les feuilles des peupliers et réveilla François. Il prit conscience du présent. L'après-midi s'achevait, les pêcheurs devaient être sur le chemin du retour. Il poussa sa chaise pour rester à l'ombre des feuillages et admira l'harmonie actuelle des parcelles, parsemées de fermes modernes et le Mont dont il ne se lassait pas. Il ne vit pas la silhouette, se déplaçant sans bruit.

L'homme qui marchait sur les digues aimait la période des grandes marées. Ce n'était pas pour la pêche, mais ces jours là, le champ était libre pour ses occupations. Les gardes préféraient les crassiers aux polders.

Que de travail accompli depuis ces années 1855-1856. Le Couesnon avait été enfin canalisé entre deux digues. Maintenant, il descendait pratiquement en ligne droite de l'anse de Moidrey au Mont Saint-Michel et il ne sortait plus de ses berges. L'idée de génie des ingénieurs de Mosselman qui avaient réussi là où tout le monde avait échoué auparavant, était d'avoir utilisé la force des marées et la puissance de la rivière, afin de creuser le canal lui servant dorénavant de lit. La belle rivière indomptable avait construit sa prison elle-même...

Cette réussite n'allait pas porter chance à ses instigateurs. Ce travail à peine terminé, ils se trouvèrent en face de graves problèmes de trésorerie. Le groupe Mosselman et Donon dut vendre en 1861 la concession de la baie du Mont Saint-Michel, à plusieurs familles qui fondèrent la Compagnie des Polders de l'Ouest.

Elisabeth connaissait les Crassiers. Sa mère l'y avait emmenée à plusieurs reprises, lorsqu'elles habitaient encore Sainte-Anne. Sentant proche l'heure du retour, Marie se rapprocha de sa fille dans son périmètre préféré. Toutes les deux, jupes retroussées, comparaient leur pêche. Penchées sur leurs paniers dans une même attitude, elles exprimaient leur affection et leur complicité, développées plus fortement peut-être, en vivant ensemble ces quatre années de guerre, sans mari et sans père.

D'une manière assez soudaine, il y eut comme un silence, des vaguelettes se formèrent plus vives sur l'eau restée en grève, puis cessèrent, et celle-ci devint transparente. La mer remontait. Les regards se portèrent à l'horizon pour guetter la distance qu'elle recouvrait déjà. La fébrilité gagnait les pêcheurs car c'est dans ces dernières minutes que le poisson s'agite et se fait prendre. Personne ne donna le signal du retour. On vit les premiers havenets se replier et les petits groupes se dirigèrent lentement vers la digue. Les commentaires allaient bon train.

- Juste avant de repartir, dit Louis, j'ai relevé mon dranet. Bon sang ! Il était plein de crevettes. En trois coups, j'ai rempli mon dossier.

Il mettait sa main dans le panier pour les faire sauter et évaluer leur grosseur, se laissant piquer un peu par les antennes.

- Regarde ! J'ai aussi des soles. Il les retournait… Et elles ne sont pas petites !

Le père Simon soulevait la toile recouvrant son dossier :

- J'ai pris deux congres et j'ai bien failli me faire mordre. C'est qu'ils ne voulaient pas se laisser prendre les mâtins. Voyez ça ! Ils font bien un mètre de long.

Antoine avait observé Elisabeth. Il n'était pas habituel de voir une fille apprécier la pêche et remplir son panier, toute seule, sans rien demander. Ses jupes attachées à sa taille, à la manière des femmes, elle connaissait les endroits où se trouvaient les crustacés et les gestes à faire pour les attraper. Sa mère aussi savait pêcher, comme les hommes. Elle avait dû lui apprendre. Son intérêt pour cette petite fille ne cessait d'augmenter.

3

Les terrains pris sur la mer longeaient plusieurs communes. Selon le lieu de leur habitation, les enfants des polders allaient à l'école, soit à Roz-sur-Couesnon, soit à Saint-Marcan, à Saint-Georges-de-Gréhaigne ou à Pontorson.

Elisabeth aimait retrouver, sur le chemin qu'elle faisait à pied, ses amies Marie-Louise et Amélie. Ces quelques kilomètres n'était pas une contrainte mais l'occasion d'être ensemble, et de pouvoir discuter. Elisabeth attendait Amélie sur la digue, elle la voyait venir de loin sur la route des polders, puis toutes les deux se rendaient au "bas du palais" pour rejoindre Marie-Louise. Au retour, elles rentraient sagement par la route. Les garçons préféraient prendre directement par Caruel, en dévalant la falaise à pic au milieu des broussailles. Garçons et filles se retrouvaient en bas pour jouer et chahuter jusqu'aux "4 Salines". Les enfants arrivaient à la maison avec les joues rouges et demandaient leur collation. Les mères sortaient la grosse miche de pain et leur coupaient de grandes tranches qu'ils tartinaient de beurre.

Après avoir dévoré les "beurrées" préparées par Marie, Elisabeth et Amélie descendirent la digue en se poursuivant.

Sur la route poudreuse qui s'enfonce dans les polders, Amélie demanda :

- Pourquoi tes parents s'appellent Rolland et toi Elisabeth Guesdal ?

- Mon père est mort à la guerre et ma mère s'est remariée avec Augustin.

- Je ne le savais pas. Il te manque ?

- Tu sais, j'étais trop petite. Je ne me rappelle pas de lui. C'est de mon grand-père dont je me souviens.

- Augustin est-il gentil avec toi ?

- Oui, et maintenant, il me semble avoir toujours eu sa présence à la maison.

Elisabeth n'aimait pas parler de ses parents. Mariage ou remariage, elle ne comprenait pas tous les actes des adultes. Si elle donnait toute son affection à Augustin, elle aurait voulu avoir un père et ne pas être regardée comme si elle était différente. Pour changer de conversation, elle parla de la dictée où Amélie avait fait une faute de plus qu'elle, et de la récitation de Jean de la Fontaine. Trop proche de leur quotidien, les vers du célèbre fabuliste les amusaient :

> Maître corbeau sur un arbre perché
> Tenait dans son bec un fromage…

De retour à la maison, elle observa sa mère et Augustin en se posant la question : sont-ils comme les autres parents ? À leur façon de se regarder et à leurs gestes, Elisabeth devinait, malgré son jeune âge, leur bonheur d'être ensemble. Elle se rassura. Elle ne prononçait jamais le nom de papa mais elle était heureuse de partager leur existence.

Quelques jours plus tard, la mère de Paul inquiète, vint rendre visite à Joséphine pour lui demander son avis. Elle désignait son sein :

- Faut-il aller voir le docteur ? J'ai une boule, là.... Mais ça ne me fait pas mal...

On venait facilement voir Joséphine pour ses connaissances et ses conseils. Une grosseur n'annonçait rien de bon.

- Ce serait mieux Antoinette...

Jamais un médecin ne l'avait auscultée. La perspective de cette visite l'effrayait.

- Augustin pourrait t'emmener à Pontorson avec la carriole du père Vilmont. Il y va souvent pour son travail.

Soulagée d'être prise en charge, elle acquiesça.

Comme chaque semaine, Augustin portait le lendemain, chez le directeur de la Compagnie, les légumes et les fruits produits par le jardin de la Régie. Préoccupée par le résultat de cet examen, Antoinette s'installa entre une cagette de poireaux et un panier de pommes de terre.

La réponse du praticien ne la tranquillisa pas :

- Il va falloir enlever ça madame Mathurin ! Je vais demander au chirurgien de Rennes de passer aux "4 Salines".

Soucieuse et solidaire, Marie attendait avec Joséphine le retour de son mari et de sa voisine. En descendant de la voiture, la pauvre Antoinette avait la mine défaite. Joséphine la fit entrer et lui servit un petit verre de calva pour la remonter.

- Le docteur a dit qu'il fallait m'opérer. Le chirurgien va venir me voir, crois-tu qu'il va m'enlever un sein ?

Comment répondre ? se demandait Joséphine. Si le Marquis vient, c'est sûr, elle sera amputée la pauvre femme. Elle lui resservit une petite goutte en essayant de la rassurer.

- On verra bien, tu ne vas pas te faire du souci à l'avance.

Le Marquis n'était pas un inconnu. Ancien médecin-major, il avait pratiqué de nombreuses opérations pendant la guerre, coupant plus de jambes et de bras, en quatre années et souvent dans des endroits de fortune, que la plupart des chirurgiens en toute une vie.

À la demande des médecins, il passait dans les campagnes éloignées des hôpitaux pour pratiquer son métier, évitant à de nombreuses personnes de finir leurs jours prématurément.

Antoinette essuya une larme. Marie et Joséphine l'entourèrent en lui disant :

- Nous sommes là. Nous t'aiderons.

Réconfortée par les bonnes paroles de ses voisines et les deux petits verres de "goutte", Antoinette rentra chez elle et reprit ses occupations.

Elle attendit la visite du Marquis.

Ce dimanche était un jour d'automne aux couleurs dorées. Après la messe et le repas de midi, Louis vint rendre visite à ses amis sur la digue. Le père Vilmont et Augustin discutaient au soleil, sur le devant de la porte. Marie et Elisabeth rangeaient la vaisselle.

- Bonjour Louis ! Tu arrives bien. Je proposais au père Vilmont une promenade dans les polders. Tu viens avec nous ?

- Ça n'est pas de refus… Je vais t'aider à atteler.

Elisabeth traversa la pièce en courant :

- Moi aussi ! Vous m'emmenez ?

Elle espérait qu'on s'approcherait du Mont Saint-Michel. Augustin acquiesça.

- Hé bien ! Qu'attends-tu pour enlever ton tablier ? C'est dimanche !

Le père Vilmont désirait découvrir les nouvelles constructions. Louis souhaitait lui désigner les exploitations lui étant attribuées, les fermes rachetées par les Guérard de Noyeuil, des nobles venant de Mayenne. Ils prirent la direction de l'Est vers "l'Expérience", François Vilmont se retourna pour regarder la ferme des "4 Salines".

- Toutes ces parcelles devant vous, faisaient partie de la ferme de monsieur Touzard, le premier, avec le comte Doynel de Quincey, à avoir su exploiter ces terrains d'une manière rentable.

Louis approuva :

- C'étaient de véritables pionniers. Pour ne pas épuiser ces terres si riches, ils avaient compris la nécessité de pratiquer l'assolement.

- Comme les autres fermiers, je suppose ? demanda Augustin.

- Justement non, répondit le père Vilmont. À ce moment là, la plupart des gens ne connaissaient pas encore très bien cette façon de faire. En 1850, eut lieu à Roz une adjudication des marais. Les domaines nationaux louèrent des parcelles pour six ans, à charge pour les locataires d'endiguer leurs terres.

Les premières années, les fermiers n'en crûrent pas leurs yeux, les rendements dépassaient leurs espérances, aussi, ils continuèrent à semer du blé en attendant des résultats identiques à chaque moisson.

Hélas ! On le sait maintenant, des cultures de céréales trop intensives épuisent la terre. À la cinquième année, ils ne ramassèrent pas grand chose, se laissèrent gagner par le découragement et négligèrent l'entretien des digues.

Un seul cultivateur persista, le comte Doynel de Quincey.

- L'arrivée de monsieur Touzard aux "4 Salines" date bien de cette période ?

- Exactement, et tout de suite, il fit part au comte de sa surprise devant ses magnifiques récoltes :

"- Monsieur le comte, c'est pourtant la même terre, comment se fait-il que vos voisins ne produisent pratiquement rien ?

- Jeune homme ! C'est vous qui me posez cette question ? Que vous a-t-on appris à l'école d'agriculture ?"

Le jeune stagiaire de vingt-quatre ans arrivait de Grand-Jouan d'où il était sorti major de sa promotion. Fils d'agriculteurs lui-même, il connaissait bien les nouvelles techniques.

Avant de répondre, il observa les épis formés de grains lourds et serrés.

"- Avez-vous fait du blé l'année dernière ?

- Certes non ! Ni l'année d'avant.

- Vous alternez les cultures ?

- Bien entendu ! Les fumures sont pratiquement inexistantes sur ces terres appartenant encore à l'État. Comme vous le voyez, nous n'avons ni étable ni bergerie. Le secret est bien dans le travail de la terre et l'assolement."

Elisabeth demanda :

- Pourquoi dit-on la ferme Touzard, puisqu'elle appartenait au comte ?

- À la mort de son mari, la Comtesse avait prié monsieur Touzard de prendre la direction de son exploitation.

Louis se souvenait de son ancien maître.

- C'était un passionné qui désirait faire progresser les méthodes d'agriculture et d'élevage traditionnelles. Après avoir étudié la composition des marais et vu toutes les possibilités et les avantages de cette contrée, il s'était empressé d'amodier, pour son compte, de grands enclos auprès de la Compagnie. Son exploitation compta jusqu'à deux cent cinquante hectares.

Augustin avait souvent entendu parler de lui par les fermiers.

- Les cultivateurs reconnaissent avoir beaucoup appris à son contact. Il leur enseignait les méthodes pour faire des cultures variées et produire de belles quantités de fourrages qui poussent très vite par ici. De façon à avoir des bestiaux bien nourris et une bonne fumure.

- C'est vrai. Il se battait contre la routine de l'époque, disant aux cultivateurs, au risque d'en choquer certains, de faire instruire leurs enfants, même les filles, pour en faire de bonnes fermières. Une phrase revenait souvent dans sa conversation, t'en souviens-tu Louis ?

- L'instruction, c'est la guerre à la routine que remplacera le progrès ?

- Oui, c'est ça ! Il parlait d'aisance à la ferme qui succéderait à la misère et aux privations.

Elisabeth essayait de comprendre :

- Est-ce toujours lui qui s'occupe de son exploitation ?

- Il est mort en 1915 ma petite fille, à quatre-vingt-quatre ans. Il avait été maire de Roz, président du comice agricole et même promu chevalier de la légion d'honneur.

Le cheval trottait allègrement sur la petite route. Après les Cotterets, Louis annonça qu'on entrait sur son territoire :

- Vous voyez, dit-il au père Vilmont, à droite les fermes sur les polders Teisserenc de Bort, Mosselman, Dailly et vers le Couesnon, Villebrune, Camus, Saincey, c'est chez moi, ainsi que les terres de Prétavoine et la grande exploitation des Cotterets, bien entendu.

- Ces noms me sont presque tous inconnus, d'où viennent-ils ?

- C'est très simple, les nouveaux polders ont été baptisés avec les patronymes des premiers administrateurs de la Compagnie.

Ils prirent le chemin de Belmontet, en passant devant la Haye-Jousselin et s'arrêtèrent sur la digue à flots en face Saincey. La pointe la plus avancée des terres conquises à la mer. Le Mont Saint-Michel semblait à portée de main.

- Peut-on y aller, Parrain ?

- Non, Elisabeth ! Il faudrait traverser le Couesnon. Tu ne le vois pas mais il est là et nous n'avons pas le temps de faire le tour par le pont de Beauvoir. Je t'y emmènerai la prochaine fois.

Antoine aussi avait promis. Quand pourrait-elle aller sur ce rocher qui l'attirait tant ?

Soudain, les cloches de l'église paroissiale se mirent à sonner, la petite fille sentit son cœur se soulever d'émotion. Le son semblait venir de nulle part, comme une musique tombée du ciel.

Pendant quelques minutes, ils n'échangèrent plus de parole, se laissant envahir par la magie de l'instant. Une brume légère faisait vibrer les pieds de la majestueuse construction qui semblait prendre le large, comme un vaisseau de pierre, emportant les rêves au-delà des grèves et des tangues vers une mer qui n'existait pas.

Encore sous le charme de la baie, ils tournèrent à regret le dos au Mont et décidèrent de suivre, pour le retour, la digue de mer bordant le polder Desnoyer et le polder Foulon.

Le cheval marchait au pas, entre les rangées de peupliers dont les feuilles déjà teintées de jaune, bruissaient doucement. En contre bas, la tangue des terres labourées gardait encore sa couleur blanche des jours sans pluie, sur laquelle venait trancher le vert des haies d'épines.

- Ce pays ressemble à un jardin, s'émerveilla le père Vilmont. Que de changement depuis le début du siècle ! Je n'ai jamais vu des bâtiments de ferme aussi bien agencés et toutes les constructions sont en pierre !

- Toutes un peu semblables aussi, fit remarquer Louis. Le modèle a été étudié par la Compagnie, pour avoir la meilleure ordonnance et être fonctionnel.

- Ce sont des citernes, ces gros champignons avec des animaux autour ?

- Oui, elles sont alimentées par trois réservoirs, précisa Augustin. Les fermes ne doivent pas manquer d'eau. Nous y veillons avec monsieur Blanchoire. La distribution est réglementée, surtout en été.

- Au début, se rappelait le père Vilmont, c'était une vraie contrainte. Il n'y a pas d'eau douce sur ces terres. À la ferme des "4 Salines", ils devaient aller la chercher au bas du palais avec une charrette et des bidons.

Sans bruit, Augustin leva le bras dans la direction où un lièvre courait. Ils admirèrent l'agilité et la rapidité de l'animal disparaissant dans les herbes au pied du remblai.

- Il va falloir nous garer, prévint Louis.

Devant eux s'avançait un troupeau de moutons, son berger en tête. Il prenait toute la largeur de la digue.

- C'est l'heure ! annonça Augustin. Ils vont tous rentrer.

Sur les digues et les petites routes, les moutons prenaient le chemin des bergeries, entourés des chiens qui aboyaient. C'était aussi le moment de la traite et les vaches sortaient des champs sans se faire prier, pour suivre leur vacher vers les étables.

Des froufrous d'ailes attirèrent leurs regards. Un vol de bécasseaux venait de se poser sur la grève. Il repartit dans le même instant, obéissant à des impulsions si admirablement coordonnées qu'ils en restèrent émerveillés.

Elisabeth remplissait ses yeux de toutes ces images, elle n'aurait pas su dire son bonheur d'être là, dans cette carriole, entre Augustin et son grand-père. Sa poitrine se gonflait de joie. Elle posa sa petite main sur celle du vieil homme.

Après le polder Desnoyer, avant de reprendre la route vers les "4 Salines", le père Vilmont pointa sa canne sur le Mont puis vers Sainte-Anne. Au loin on distinguait le Mont-Dol :

- Les trois cailloux de Gargantua !

- Que dis-tu, grand-père ?

- Tu ne connais pas l'histoire de Gargantua ?

- Non !

- Gargantua était un géant, tu le sais ?

- Oui !

- Mais un géant immense ! Un jour où il se promenait dans la région, entre Cherbourg et Cancale, il sentit une douleur à son pied. Il s'assit à l'emplacement d'Avranches et ôta sa chaussure.

Trois morceaux de pierre s'y cachaient et le gênaient pour marcher. Il les retira et s'empressa de les jeter au loin. Tu peux toujours les voir aujourd'hui...

- Ah oui ! Où sont-ils ?

- Là, devant tes yeux ! Nous les appelons maintenant Mont-Dol, Tombelaine et Mont Saint-Michel.

La petite fille regarda les trois monts disséminés dans la baie. Ils ressemblaient à trois gros cailloux et leur présence pouvait, il est vrai, paraître insolite au milieu des étendues plates.

Son grand-père n'avait pas son pareil pour raconter des histoires, entraînant son auditoire dans un imaginaire où les évènements, sous l'effet de ses paroles, prenaient une dimension autre. Les choses les plus ordinaires devenaient vivantes et colorées.

Le cheval trottinait doucement vers la côte verdoyante de Roz barrant l'horizon.

- Au début du siècle, la digue à flots bordait le polder André, la mer venait à l'emplacement de cette route.

Un de ces souvenirs, impossible à oublier, surgit soudain dans la mémoire de François.

- J'étais là quand la grande marée de 1869 a tout dévasté...

- Vous étiez là ? J'en ai entendu parler. Il faudra nous raconter ça.

- Quand tu voudras, Louis.

- J'ai beaucoup aimé travailler avec monsieur Touzard. Il rêvait un peu quand il comparait les polders à une petite Hollande, en imaginant des villages et des clochers mais c'était vraiment quelqu'un.

Sentant l'écurie proche, le cheval n'avait plus besoin d'être guidé. Il montait au pas sur la vieille digue. Augustin essaya de donner une conclusion à tous ces évènements anciens.

- Cet homme a beaucoup apporté au pays par son exemple

et ses conseils. La vie a bien changé depuis la canalisation du Couesnon et la création des polders.

Louis réagit à son tour :

- Sans compter l'assainissement engendré par l'approfondissement de son lit, dans les communes en amont de l'anse de Moidrey. Cette partie du pays, recouverte d'eau de nombreux mois par an, n'était souvent que marais insalubres. Au siècle dernier, on mourait encore des fièvres.

- On oublie vite l'infortune et les mauvais jours. Je me rappelle de l'époque où faute de travail, tout le monde ne mangeait pas à sa faim. Maintenant en saison, pour satisfaire à la demande importante de main d'œuvre, on accueille aussi des polonais…

On avait mis la vieille table d'Augustin dehors. Marie sortit quelques chaises et Joséphine vint les rejoindre. On demanda aux garçons d'aller chercher une bouteille de cidre bouché, dans la cave située au pied du remblai… Qu'on était bien sur la digue dans cette journée de dimanche qui s'achevait !

On entendit bientôt, les enfants courir et crier avec ceux des maisons en contrebas dans le hameau. Les grandes personnes se laissaient aller au bien-être du moment, écoutant le concert donné par les oiseaux à la cime des arbres.

L'ombre de la côte semblait les protéger. Le soleil, après avoir glissé un moment derrière elle, continuait sa course vers l'Ouest. Le calme et la paix montaient de la terre. Les hommes goûtaient plus encore ce bonheur, après les années de tourmente. "C'est sûr, plus jamais, il n'y aurait de guerre", voulaient-ils se persuader, dans cette quiétude retrouvée.

La semaine suivante, le Marquis arriva en voiture automobile aux "4 Salines", accompagné de son infirmière. Les enfants accoururent pour voir l'auto et ce personnage inhabituel qui les impressionnait. À l'arrière du véhicule, il y avait une longue table pliante.

- À quoi pouvait-elle servir ?

Il entra chez Antoinette avec son assistante et referma la porte. Les enfants n'étaient pas les seuls à être intrigués :

- Qu'allait-il se passer ?

Les voisins qui n'étaient pas aux champs, attendaient avec curiosité. Marie était chez Joséphine.

- S'ils ont besoin de nous, dit-elle. Ils sauront bien nous trouver.

Au bout d'un moment interminable, le Marquis sortit de la maison et demanda aux enfants debouts près de l'auto pour ne rien manquer :

- Voulez-vous m'aider à transporter la table d'opération ?

Antoine et Paul se précipitèrent pour porter dans la cuisine, ce meuble dont il venait d'apprendre le nom avec effroi. Henriette était assise sur une chaise, à moitié dévêtue, cachée par l'infirmière qui lui procurait des soins. Le Marquis les remercia et les poussa gentiment dehors en refermant la porte

L'attente fut longue. Joséphine, voulant calmer l'inquiétude de Paul, l'occupa avec Antoine à de menus travaux. Dehors, les gens y allaient de leurs commentaires

- Il est en train de l'opérer… Il va lui couper un sein…

Et des images horribles défilaient devant les yeux... Enfin la porte s'ouvrit et l'assistante demanda qu'on aille chercher Joséphine. On la regarda passer comme si elle était le chirurgien, lui-même.

Une odeur mélangée, de chloroforme et de désinfectant, emplissait la pièce. Antoinette, étendue dans son lit près de la cheminée, avait un gros pansement sur sa poitrine. Elle ne semblait pas trop souffrir.

- Vous êtes madame Rouvert ? demanda le Marquis.

- Oui monsieur.

- Vous voulez bien vous occuper de madame Mathurin, m'a-t-elle dit.

- Oui. Que faudra-t-il faire ?

- Une infirmière viendra de Pontorson demain et vous expliquera comment nettoyer la plaie et poser les pansements. Si elle souffre, vous lui donnerez ces cachets. Il montrait un tube d'aspirine : "Pas plus de quatre par jour"... Tout va bien se passer, dit-il en souriant et en refermant sa sacoche. Dans une semaine, elle sera sur pied.

Il plia la table d'opération, fit signe aux enfants de la porter dans la voiture et après avoir serré chaleureusement la main, valide d'Antoinette, il monta dans le véhicule avec son assistante et repartit dans un bruit de moteur.

Les voisins entrèrent et demandèrent à Antoinette si tout allait bien. La pauvre femme était encore dans une semi-inconscience et la douleur se réveillait doucement. Elle répondit :

- Oui, d'une petite voix, en faisant une grimace.

Joséphine fit sortir tout le monde, ne gardant que Marie. Elles restèrent près d'Antoinette toute la soirée, tentant d'atténuer sa souffrance avec l'aspirine du chirurgien et les tisanes de Joséphine, initiée par sa mère à la connaissance des plantes.

Pendant une bonne semaine, elle se relayèrent pour lui porter à manger, lui faire un peu de toilette et changer son pansement. Paul prenait ses repas chez l'une ou chez l'autre. Au bout de quinze jours, elle quittait son lit et commençait à faire son travail. Un mois plus tard, elle peinait encore un peu pour lever son bras mais elle se débrouillait seule. Puis on n'en parla plus. Pour Antoinette, la vie reprit son cours normalement.

Elle aurait pu oublier. Si ce n'est que du côté gauche, elle n'avait plus cette rondeur faisant sa fierté, elle était plate comme un garçon. Cet incident ne l'empêcha pas de se remarier quelques années plus tard et de vivre encore quarante belles années, et mourir de vieillesse, tout simplement...

Les journées raccourcissaient et les petits matins se réveillaient dans les brumes d'automne. Les arbres perdaient leur feuillage, laissant pour un temps, un tapis de feuilles mortes sur les digues. Les journées de pluie rassemblaient les gens dans les maisons où chacun s'occupait à des travaux divers.

Augustin faisait des bourriches et des paniers, Marie tricotait des vêtements en laine pour sa fille ou son mari. Le père Vilmont ne quittait pas beaucoup le bord de la cheminée, se perdant dans des rêveries où il revivait sa jeunesse. Sa vue avait beaucoup baissé et parfois, il demandait à Elisabeth de lui faire la lecture.

Joséphine avait montré à Marie où se trouvaient les bancs de coques, plus près qu'aux Hermelles, juste derrière la cabane du berger, après la digue à flots et les herbus. Avec Elisabeth, elles partaient toutes les deux, à l'heure de la marée, et revenaient avec deux paniers pleins. Elles en donnaient aux voisins qui les aimaient et en préparaient pour eux. Le père Vilmont se régalait.

Pour Augustin, ce fut la saison du ramassage du bois, des travaux de réparations à l'intérieur des fermes ou d'entretien des biefs, recueillant les eaux de drainage des parcelles de terre. Il prépara, sur les digues, des emplacements pour de nouvelles plantations.

Les braconniers calmèrent un temps leurs activités et l'ouverture de la chasse se passa sans encombre. Elle ramena les Guérard de Noyeuil à l'hôtel Montgomery de Pontorson. Louis et ses garçons sillonnèrent les polders et débusquèrent lièvres et perdrix, laissant aux patrons la satisfaction de les tirer.

Augustin emmena les administrateurs de la Compagnie dans les endroits où se cachait le gibier. Toute cette agitation dura une bonne semaine. Puis le silence retomba sur les polders qui se préparèrent au calme de la saison froide.

L'hiver avançait à petits pas, laissant encore parfois la place à de belles journées de soleil. Un matin, le vent se fit plus vif et quand Noël arriva, la grève était gelée pour accueillir les bernaches, ces oies noires et blanches qui viennent sur nos rivages et se posent par centaines sur les herbus.

Le père Vilmont touchait le fermage des champs de Sainte-Anne et donnait une participation à Marie, en dédommagement des frais occasionnés par sa présence. Pour ce Noël, il désirait gâter sa petite fille tout spécialement, se demandant si cette fête ne serait pas la dernière. Après avoir été actif toute sa vie, il voyait bien aujourd'hui, que la fatigue le clouait de plus en plus souvent sur son banc près de la cheminée, dans l'incapacité de faire le moindre effort.

- Tiens ! confia-t-il à Marie, en lui glissant un billet. Achète un vélo à Elisabeth. Elle en a très envie, je le sais. L'année prochaine, je ne serai peut-être plus là pour lui faire ce plaisir.

- Que racontes-tu ? Tu as encore de belles années à vivre avec nous.

- Je sais ce que je dis. Va chez Georges Maudais ! Tu trouveras sûrement.

Profitant de la présence de la petite fille à l'école, Marie courut chez le marchand de cycles faire ce fabuleux achat.

Le jour de la messe de minuit, Louis, Joséphine et les garçons vinrent passer la veillée à la maison sur la digue. Au cours de la soirée, chacun aimait raconter ou entendre des histoires et des légendes, agrémentées souvent de détails pittoresques. Tout en décortiquant des châtaignes ou des noix et en buvant un verre de cidre, les conteurs déployaient leur talent. François Vilmont possédait le don de captiver son auditoire.

- Vous avez vu la grande inondation de 1869, rappela Louis. Vous étiez alors aux "4 Salines" ? C'était en février, je crois.

- Comme tu le sais, nous venions chercher du blé pour le moudre à Sainte-Anne. Les moulins étaient peu nombreux à

Roz et monsieur Touzard aimait bien travailler avec mon père. J'assurais les charrois. J'étais un jeune homme et je possédais de bonnes raisons pour venir dans les polders. J'avais remarqué une jeune fille. Elle travaillait à la grande ferme et s'appelait Joséphine, comme toi, dit-il en se tournant vers la femme de Louis. C'était la plus jolie et la plus gentille, d'ailleurs, nous nous sommes mariés quelques mois plus tard.

Il sourit à sa fille :

- Marie lui ressemble beaucoup.

Les enfants écoutaient sans perdre un mot, attentionnés aux paroles du grand-père. Prenant son temps et modulant sa voix pour donner plus de mystère ou de suspense à son histoire, le père Vilmont continua :

- Si je m'en souviens de cette grande inondation ? J'en ai gardé un souvenir terriblement présent et pendant des années ces faits ont troublé mon sommeil… C'était bien en février, Louis. Ce jour là, la marée cotait 117, il ne faisait pas très froid mais il pleuvait et de gros nuages noirs, roulés par le vent, envahissaient le ciel. De grandes bourrasques courbaient les arbres. Monsieur Touzard m'avait dit : "Tu ne vas pas rentrer ce soir, il fait trop mauvais temps. Attends demain." Je n'étais pas fâché de rester. Mon cheval à l'écurie et ma voiture à l'abri, j'allais pouvoir "discuter" un peu plus longtemps avec Joséphine. La place ne manquait pas, même si la ferme ne ressemblait pas encore à ce qu'elle est aujourd'hui. Ah dame ! le logement était simple en ce temps-là. Les vachers dormaient dans la vacherie, les bergers avec les moutons et ainsi de suite. Monsieur Touzard disposait tout de même d'un bâtiment pour son usage personnel, à côté d'une grande cuisine où tout le monde prenait ses repas. Un aménagement du grenier permettait aux femmes de se loger, quand elles ne retournaient pas chez elles le soir. C'était le cas de Joséphine. Par contre, il avait fait construire les fameux hangars, toujours en place, destinés à abriter les animaux, la paille, le blé, le fourrage et tout le matériel qu'il possédait déjà.

Son travail terminé, Joséphine resta un peu avec moi, nous étions assis dans la grange sur une botte de paille. C'est là que je lui ai demandé : "Joséphine, j'ai beaucoup d'amitié pour toi, tu le sais. Si tu y consens, tous les deux, nous pourrions nous marier à la fin de l'été ?"

Elle a rougi, puis elle m'a regardé... Ses yeux, de la couleur des châtaignes, faisaient chavirer mon cœur. J'avais envie de la prendre dans mes bras mais ça ne se faisait pas à l'époque, on attendait. Alors, elle m'a donné son beau sourire, son regard en disait long sur ses sentiments… Puis, elle a baissé la tête en disant : "Oui François, je veux bien."

Très vite, elle est partie rejoindre les autres femmes, après avoir déposé un baiser sur ma joue et moi je suis allé dans le foin où je me suis enroulé dans ma couverture. Le vent soufflait… Je l'entendais siffler dans la toiture mais dans ma tête, c'était du ciel bleu…

La digue à flots bordait le bout de l'enclos. La mer n'était pas loin, elle battait avec de grands bruits sourds. Était-ce la mer ou le vent qui mugissait de plus en plus fort ? On ne savait plus… Au milieu de ce vacarme, j'avais fini par m'endormir en rêvant de Joséphine. À cinq heures du matin, je fus réveillé en sursaut par des cris. Il faisait encore grand nuit : "La digue est rompue ! La digue a lâché ! Vite levez-vous !"

En deux minutes, j'étais sur pied et je courais avec les autres, que fallait-il faire ? La panique agitait la cour… Des animaux s'étaient échappés, des gens allaient dans tous les sens, au milieu des éclairs et du tonnerre. Monsieur Touzard m'ayant aperçu, me cria entre deux bourrasques de vent : "Monte sur ton cheval et cours au bourg chercher de l'aide. La mer a encore pour plus d'une heure de montant. Il faudrait essayer de colmater la brèche et de sauver ce qui peut l'être."

Je me rendis en toute hâte au village et sur la place je réveillais les habitants en criant et en tapant aux portes. La pluie cinglait mon visage, mon cheval effrayé par la tempête, se cabrait sous l'orage et me donnait du fil à retordre.

“La digue a rompu ! La mer va entrer dans la ferme des “4 Salines” ! Venez vite nous aider !”

Pour la plupart d'entre eux, ce danger n'était pas nouveau. Les gens sortirent en hâte de leur maison et se rendirent vers le lieu de la catastrophe. Sur un long espace, la digue était effondrée et la mer envahissait les champs, bousculant les parcelles emblavées. Impuissants, nous la regardions avancer. Le premier polder, d'environ deux cents hectares baignait sous les eaux. Impossible d'essayer de combler cette immense trouée. On ne pouvait rien faire, sauf calmer les animaux qui, sentant la menace, s'agitaient de plus en plus…

Enfin, le jour osa paraître. La mer s'était retirée et nous pûmes constater les dégâts. Sur une longueur de près de deux kilomètres, c'est à dire de “l'Expérience” jusqu'à l'angle du polder des “4 Salines”, la digue avait entièrement disparu.

- Et alors ? s'inquiétèrent les enfants.

- Monsieur Touzard était atterré, tous ses travaux étaient réduits à néant. Cette digue tenait depuis plus de quinze ans, il avait cru à tort, que la mer ne s'y attaquerait plus. C'était sans compter sur la violence de cette tempête exceptionnelle. Dans moins de douze heures la mer allait revenir. Il fallait mettre les animaux à l'abri, car n'ayant plus rien pour la retenir, cette fois-ci l'eau monterait jusqu'aux bâtiments…

La comtesse douairière, la veuve du comte, habitait toujours le château de la Bosse en haut du Palais. Avec son esprit de décision et sa générosité, elle décida de faire conduire tous les animaux de la ferme dans la cour de sa demeure.

François Vilmont revivait cette terrible journée. Reprenant sa respiration, il continua son récit :

- Ah, mes enfants, si vous aviez vu ce cortège ! Long de plusieurs centaines de mètres. Je l'aperçois encore monter lentement le Palais. Imaginez trois à quatre cents moutons, suivi d'une centaine de vaches et de plus de quarante chevaux, s'avançant lentement vers le château, escortés des charrettes de fourrage et de paille…

Il s'arrêta un instant, laissant les images vivre dans ses souvenirs et dans l'esprit de ceux qui l'écoutaient.

- Nous n'étions pas sûrs de la solidité des bâtiments, face à une nouvelle attaque de la mer. Alors, à la demande de monsieur Touzard, toutes les bonnes volontés furent les bienvenues et travaillèrent à construire un remblai. Il était indispensable de maintenir à l'abri les grains de la dernière récolte.

Ensemble, les hommes et les femmes luttaient contre la mer, essayant de préserver de sa force dévastatrice, ce qui pouvait encore l'être. Seulement à la marée du soir, le vent redoubla et la mer entoura à nouveau les bâtiments de la ferme. Elle ne s'arrêta qu'à la digue de la Duchesse Anne, là où nous sommes mes enfants. Elle avait repris tout son ancien territoire !

- Oh ! dirent-ils, en chœur.

- Heureusement, tous ces efforts pour protéger les logements ne furent pas inutiles et la dune de terre ne céda pas. Les grains étaient sauvés. Par contre, toutes les terres ensemencées des “4 Salines” furent recouvertes par les eaux et le sable et demeurèrent incultes pendant de longs mois.

D'autres enclos avaient été envahis du côté de Colombel, de Blount et de Bas-Coin. Cette année là, on ramassa fort peu de blé. Les dégâts s'élevèrent à des sommes considérables et l'État dut envoyer des secours aux cultivateurs sinistrés.

Tout le monde écoutait en silence, intériorisant cette peur de la mer en colère venant du fond des âges.

Le père Vilmont poursuivait :

- Sachant qu'il y aurait d'autres grandes marées en mars, sans perdre de temps on commença à élever un talus, afin de préserver les enclos des "Châteaux" qui n'avaient pas encore subi de désastre. On ne put éviter, jusqu'à la réparation de la digue, l'inondation des terrains de la ferme des "4 Salines" à chaque marée.

Les enfants soupiraient devant les effets destructeurs de la mer. Ils ouvraient des yeux incrédules sur les faits racontés par le grand-père.

- Tu as vu la mer arriver jusqu'au pied de notre digue ? s'étonna Elisabeth.

- Ce n'était pas des grosses vagues ! dit-il en souriant, mais les terres étaient mouillées. Moi, à la fin de la tempête, j'étais reparti à Sainte-Anne. Mon père ne s'inquiétait pas trop, me sachant à la ferme mais il fallait bien rentrer.

- N'a-t-on pas dit que les digues construites par la Compagnie, avaient toutes résisté à la mer ? interrogea Alexis.

- Justement, celles qui ont rompu avaient été bâties par des particuliers et laissaient à désirer sur le plan de la solidité.

- Et après ? demanda Antoine.

- On a reconstruit, bien sûr, et le préfet autorisa la Compagnie des Polders à ouvrir la nouvelle carrière des Chouannières. On voulait des digues puissantes et solides avec beaucoup de pierres. Les talus extérieurs furent renforcés avec des enrochements d'une épaisseur d'au moins cinquante centimètres. Et pour amener plus rapidement ces masses de pierres, c'est à ce moment là qu'on mit en place le chemin de fer.

- Y a t-il eu d'autres inondations ? s'informa Elisabeth.

- Non, pas de cette importance. Ce fut la dernière et comme tu as pu le voir, la Compagnie n'a pas cessé, depuis, de conquérir d'autres terrains.

Longtemps après, je revis monsieur Touzard. Plus de six kilomètres de digue avaient été reconstruits. Je me souviens encore de ses paroles : “Je crois ne pas me tromper, en affirmant que ces nouvelles digues supporteraient sans danger, une marée aussi forte et aussi ventée que celle du 28 février 1869.”

Il avait raison, plus jamais nous n’avons revécu une journée comme celle-ci.

- Les enfants ! C’est l’heure de se préparer pour la messe, annonça Marie.

Ils se levèrent, les yeux emplis des images de la tempête et de la marée franchissant les digues. Chacun s’habilla chaudement, de châles et d’écharpes de laine.

Augustin restait à la maison avec le père Vilmont. Il prépara une lampe avec une bougie à l’intérieur. Le petit clan s’engouffra dans la nuit froide et claire. Trouant le ciel, les étoiles brillaient intensément. Elisabeth chercha celle qui avait annoncé la naissance de Jésus aux bergers. L’une d’elles scintillait plus que les autres, elle crut l’avoir trouvée.

Ils montèrent le Palais, d’autres petits groupes les précédaient ou les suivaient. Chaque lanterne clignait, dans cette nuit particulière, semblable à autant d’étoiles tombées du ciel.

Aux abords de l’église, on entendait déjà les chants et l’âme sensible d’Elisabeth se croyait au milieu des anges. En vérité, tout le monde aimait cette marche inhabituelle, dans une nuit qui l’était aussi, vers le lieu de prière où les odeurs d’encens et le son de l’orgue, transportaient dans un monde qui, s’il n’était pas mystique pour tout le monde, restait mystérieux.

Après avoir dit ses trois messes, monsieur le curé annonça à ses fidèles :

- Jésus est né !

Le retour se fit dans la joie, on avait accompli le rite de la nativité. Marie et Elisabeth rentrèrent sans bruit à la maison pour ne pas réveiller les dormeurs et allèrent se coucher en faisant des rêves étoilés.

Le lendemain matin, Elisabeth se leva un peu plus tard que d'habitude les yeux encore chargés de sommeil. Elle descendit son échelle, vêtue de sa longue chemise de nuit.

"Pourquoi tout le monde me regarde ?" s'interrogea-t-elle, cherchant ce qu'elle pouvait avoir d'anormal.

Sur le dernier barreau, elle s'arrêta bouche bée... Un vélo tout neuf s'appuyait contre la table... Il était noir avec des filets de protection sur les roues arrières et une belle inscription dorée, dans un écusson rouge posé sur le devant : "Cycles ROY - St-Etienne".

- C'est pour qui ? demanda-t-elle

- C'est pour toi, répondirent-ils ensemble, amusés de son air surpris.

- Pour moi ? répéta-t-elle incrédule, en s'approchant de la bicyclette.

- Mais oui et tu peux remercier ton grand-père, ajouta Marie.

La fillette se précipita vers le père Vilmont pour l'embrasser. Elle s'assit sur ses genoux comme elle le faisait quand elle était petite et passa deux bras autour de son cou.

- Merci, grand-père ! Je peux l'essayer ?

- Bien sûr ! Mais il vaudrait peut-être mieux t'habiller auparavant. Il se réjouissait de son bonheur.

En quelques minutes, Elisabeth fut prête. Elle enfourcha cette machine toute neuve, réglée à sa taille par Augustin. Ils sortirent tous les trois pour la voir faire ses premiers tours.

Elle descendit d'abord la digue et commença à pédaler sur la route des polders, puis elle fit sonner le timbre en revenant, pour faire un bruit aussi fort que le plaisir qu'elle éprouvait. Elle riait en les interpellant :

- Regardez ! criait-elle en expérimentant les freins qui marchaient à merveille.

Rien ne pourrait effacer la satisfaction du père Vilmont, en ce matin de décembre, devant la joie qui éclairait le visage de sa petite fille. Il avait cette simplicité qu'ont souvent les gens âgés à être heureux du bonheur des autres.

Elisabeth avait disparu vers le hameau et ils rentrèrent dans la maison. François sentit soudain une grande fatigue... Il peina pour faire les quelques pas qui le séparaient de son banc et s'assit tout essoufflé. Il ne dit rien pour ne pas alarmer Marie mais l'inquiétude au cœur, il se demanda : "Mon dieu ! Seraitce mon dernier moment de bonheur sur cette terre ?"

Il se reprit en pensant à tous les autres. "Il n'y aura rien à regretter" se dit-il.

Elisabeth, très fière, s'arrêta devant la fenêtre des Rouvert en faisant teinter sa sonnette. Elle n'attendit pas longtemps, toute la famille sortit en poussant des cris d'admiration.

- Un vélo tout neuf ! s'exclama Antoine.

- Oui, c'est un cadeau de mon grand-père.

- Qu'il est beau ! soupira Joséphine.

Antoine s'éclipsa à l'intérieur et revint avec le sien, repeint depuis peu.

- Tu viens ? dit-il.

- Oui, je voudrais aller à la Saline le montrer à ma marraine et à Victor.

Ce jour de Noël était froid mais on ne vit pas beaucoup les enfants au coin du feu. Toute la journée, ils pédalèrent, Elisabeth, Antoine et Victor, sur les petites routes et les digues des polders.

Ils s'arrêtèrent un moment dans les herbus pour voir la baie immergée dans une brume stagnant à quelques centimètres du sol. Le Mont Saint-Michel reposait sur un nuage doré. Un petit soleil d'hiver allongeait les ombres sur les schorres et plus loin, sur les bancs de coques, un vol de pies huîtrières blanches et noires, s'appliquaient à décortiquer les coquillages avec leurs becs rouges.

Ils prirent le chemin du retour, en fredonnant les chants entendus à l'église. Devant eux, les rangées de peupliers soulignaient l'horizon. Leurs troncs dénudés s'harmonisaient avec la couleur des herbes jaunies par l'hiver et ressemblaient à des mats naviguant dans le bleu du ciel.

Elisabeth découvrait la liberté de se déplacer rapidement et d'aller plus loin que ne lui permettaient habituellement ses jambes. Pouvait-il y avoir un bonheur plus grand ?

Elle rentra affamée et fatiguée, les joues rosies par l'air de la baie et les yeux brillants :

- J'irai faire du vélo tous les jours !

- Nous viendrons avec toi, affirmèrent Antoine et Victor.

Elle s'assit près de son grand-père, sur le petit banc fabriqué par Augustin. Le vieil homme avait retrouvé un peu d'allant et fumait sa pipe au bord de la cheminée. La petite fille posa sa tête sur ses genoux, elle n'était pas prête d'oublier cette fête de Noël.

La pluie et la grisaille remplacèrent les jours froids et lumineux. Les enfants retournèrent à l'école. Ce fut le temps des nuits plus longues que les jours. De bonne heure, on fermait sa porte et les soirées passées sous la lampe n'en finissaient plus. Le père Vilmont allait de plus en plus tôt au lit et mangeait de moins en moins. Sa petite fille restait plus souvent près de lui et parfois il lui racontait encore une histoire.

- T'ai-je dit la légende de Tombelaine ?

- Il doit y avoir longtemps, grand-père. Je ne m'en souviens plus.

Avec sa voix de conteur, il commença : "En ce temps-là, le rocher s'appelait Bélénus et une jeune fille de noble famille, la belle Hélaine s'y rendait à pied au jusant de la mer. Par ce matin de printemps, une douce brise soufflait des vaguelettes sur la surface des rivières et faisait frémir les ajoncs et les genêts. Dans le ciel, quelques nuages dessinaient des moutons blancs. Hélaine guettait la venue de l'homme qu'elle aimait en secret et, pour tromper son impatience, jouait à effaroucher les mouettes curieuses venant se dandiner à portée de sa main.

Au loin, elle entendit le galop d'un cheval… Son chevalier, plus fringant que jamais, arrivait en traversant la baie.

Pour s'avouer leur tendresse et se griser de leurs baisers, ils se retrouvaient dans cet endroit, accessible seulement à marée basse. Beaudoin descendit de sa monture, il ne souriait pas comme à son habitude, son visage était sévère :

- Pourquoi cette triste mine, mon beau chevalier ?

- Ma mie, je dois rejoindre demain l'ost du duc Guillaume.

Hélaine formula son angoisse :

- Vous allez faire la guerre ?

- Mon amour, il y va de mon honneur… J'ai fait promesse au duc de Normandie de l'accompagner où il allait se battre. Or, la semaine prochaine, il part chez les Anglais avec tous les chevaliers de la province.

Hélaine cacha son désarroi et retint ses larmes.

Comme talisman et pour conjurer le sort, elle lui donna une mèche de ses cheveux qu'il mit dans le pommeau de son épée.

Il monta sur son destrier blanc et noir et après une dernière étreinte, traversa les sables en se retournant plusieurs fois pour lui faire un signe de la main.

La belle jeune fille, désemparée de l'absence de son amoureux, continua de venir à chaque marée sur le rocher où tout lui rappelait son bien-aimé. Les semaines et les mois passaient. Personne n'entendait parler du retour de l'armée du duc. Un jour particulièrement nuageux, elle aperçut un groupe de gens à pied et à cheval, cheminant vers le Mont Saint-Michel. Elle demanda à un pêcheur qui relevait ses filets sous Tombelaine :

- Quelle est cette procession s'avançant vers l'abbaye du Mont ?

- C'est le duc de Normandie ! Il est revenu de la guerre, gente dame. Il l'a gagnée mais beaucoup de ses chevaliers ont péri dans la bataille.

- Connaît-on les noms de ceux qui sont restés en terre anglaise ? Avez-vous entendu celui de Beaudoin de Godefroy?

- Beaudouin de Godefroy, dîtes-vous ? Ce nom a été cité hier à la proclamation de la liste, il me semble ...Oui, madame, il y était... Je m'en souviens ! Le pauvre chevalier, il ne reverra jamais son pays... Mais qu'avez-vous ?

Hélaine mettait la main sur son cœur et poussait un cri.

- Serait-il votre époux ?

Ses genoux plièrent. Elle s'affaissa, morte sur la grève où maintes fois elle et Beaudoin s'étaient confiés leur amour.

On l'enterra dans une crique à l'abri des vents, sur le rocher qui devient une île à marée haute. Tous les ans, le jour anniversaire de sa mort, une colombe venant des forêts lointaines vient déposer une fleur d'aubépine au sommet de Tombelaine. Après avoir posé cet emblème, l'oiseau se réfugie sur la petite plage et ne quitte l'îlot qu'à l'aurore."

- Est-ce vrai qu'une princesse est enterrée sur Tombelaine ? demanda Elisabeth.

- Je ne sais pas ma petite fille, c'est une légende mais pourquoi pas ? Ce serait une tombe gigantesque, la tombe d'Hélaine, dont le nom rappellerait le destin tragique de cette mystérieuse jeune fille.

- Grand-père ! Peut-ont mourir, comme ça tout d'un coup, après une mauvaise nouvelle ?

- Sans doute... Mais je ne connais personne à qui cet accident soit arrivé. Il faut aimer plus que sa vie.

Le père Vilmont annonça qu'il allait se coucher, ce récit l'avait fatigué. Il se sentait oppressé et pour la première fois, Marie l'aida à se mettre au lit. Il dormit mal. Le lendemain, quand il essaya de se lever, un vertige l'obligea à se rallonger.

- Nous allons faire venir le médecin, décida sa fille.

- Mais non ! Ce n'est rien. Tiens ! Donne-moi un bol de soupe. Tu verras, ça ira mieux après.

Il éprouva des difficultés à avaler le bouillon et ne put finir son bol. Marie, inquiète, demanda à Augustin d'aller à Pontorson. Le grand-père avait rarement consulté. À la vue du docteur, il pensa au pire. Celui-ci écouta longuement son cœur et ses poumons, et se releva en disant :

- Rien de grave monsieur Vilmont, mais il faut bien vous reposer et essayer de manger un peu, tout de même. Il ajouta avec un sourire rassurant : je vais vous donner des gouttes. Vous les prendrez tous les jours dans un peu d'eau.

Marie le raccompagna à la porte. Il l'entraîna dehors pour lui confier :

- Je n'ai pas voulu alarmer votre père mais son cœur est très fatigué. Vous avez vu comme il est essoufflé, il peut lâcher d'un moment à l'autre. Alors, pas d'agitation autour de lui et ne le laissez pas seul. S'il ne veut pas manger, faites-le boire, mettez des oreillers dans son dos pour qu'il respire mieux et donnez-lui ses gouttes.

- Son état va-t-il s'améliorer docteur ?

- Il a une bonne constitution… Avec des hommes de cette trempe, on ne sait jamais. Dans quelques temps, je reviendrai le voir. Il lui tendit la main et partit vers d'autres malades en faisant de grandes enjambées sur la digue.

La vie s'installa autour du grand-père. Il ne se levait plus beaucoup et Marie avait peur de le quitter. À la fin janvier, on aurait dit qu'il allait mieux. Février arriva avec des jours qui rallongeaient et un soleil qui chauffait le seuil de la porte aux bonnes heures de la journée. Les bourgeons se mirent à gonfler et l'herbe perdit sa couleur jaune pour devenir plus verte.

- Le plus dur est passé, se disait Marie. On va vers la belle saison.

Ce jour-là, un ciel particulièrement clair incita le grand-père à se lever. Il voulait sentir les rayons du soleil sur sa peau. Cette chaleur, semblait-il, lui redonnerait de la vitalité. Au contraire, elle le fatigua… Il regagna son lit un peu plus essoufflé encore.

Le soir, Marie vint pour lui souhaiter la bonne nuit.

- Reste un peu ! Veux-tu ? pria-t-il.

Elle prit une chaise et s'assit au pied du lit pour l'écouter.

- Je voulais te dire : tu as été la meilleure des filles et depuis que ta mère n'est plus… Il s'arrêta un instant… Je vais bientôt la rejoindre...

Marie voulut parler, il l'en empêcha.

- Non, ne dis rien. Tu as été toute ma joie avec Elisabeth. Ma plus grande satisfaction, c'est de te savoir heureuse avec Augustin. J'ai pu vous observer, c'est un homme bon et il t'aime, tu le sais. Si je pars vers d'autres mondes, il faudra vivre sans trop me regretter, c'est que mon temps était fini. J'aurai eu ma part de bonheur, ne te fais pas de souci pour ça.

Des larmes coulaient sur les joues de Marie, elle ne pensait pas à les essuyer.

- Ne pleure pas ma petite fille, ce n'est pas si triste. Va retrouver ton mari. Je vais dormir un peu maintenant.

Elle se leva et l'embrassa plus tendrement que d'habitude. Dans la chambre, encore émue elle dit à Augustin :

- Demain matin, tu iras chercher monsieur le curé. Mon père m'a parlé ce soir… Il voulait sans doute, me faire comprendre que son temps était venu.

Dans la nuit elle se réveilla, croyant avoir entendu un bruit, le grand-père semblait dormir mais il râlait doucement. Elle lui prit la main en essayant de le réveiller. Il la serra un peu sans rouvrir les yeux, puis il relâcha son étreinte. La bouche était ouverte mais plus aucun son n'en sortait. Elle s'approcha, il ne respirait plus. Marie comprit que son père était mort.

Incrédule, elle le regardait, se laissant aller à son chagrin, puis elle alla réveiller Augustin. Il la prit dans ses bras, lui aussi aimait beaucoup le père Vilmont, des larmes coulèrent de ses yeux. Dans leur tendresse, ils se réconfortèrent mutuellement et Marie répéta les paroles de son père :

- Il ne faut pas pleurer, a-t-il dit, ce n'est pas triste de partir. Il a exprimé qu'il allait rejoindre maman et que c'était à notre tour de vivre.

- Oui bien sûr, ils disent souvent ça les anciens, afin que la vie continue, pour qu'on porte le flambeau à leur place. Je ne sais pas moi... Peut-être, ont-ils peur qu'on les oublie… J'ai beaucoup de peine, Marie. Le père Vilmont, depuis le départ du mien, était devenu un peu mon père à moi aussi. Il ajouta, en essuyant ses yeux :

- Je vais chercher Louis pour m'aider à l'habiller.

Ils ne réveillèrent pas Elisabeth. Elle apprendrait bien assez tôt la mauvaise nouvelle. Au matin, la petite fille s'aperçut tout de suite de quelque chose d'anormal dans la maison. Les volets étaient fermés et une odeur de bougie allumée se répandait dans la pièce. Joséphine assise sur une chaise semblait prier. Allongé sur son lit, le grand-père avait les mains jointes. Habillé de son costume noir, il portait ses chaussures du dimanche.

Avant qu'elle n'ait terminé de descendre, Marie la prit dans ses bras et la serra très fort contre elle. Doucement, elle prononça, les yeux pleins de larmes :

- Ton grand-père est mort cette nuit.

Un moment de saisissement figea le cœur d'Elisabeth avant qu'elle éclate en sanglots en se blottissant contre sa mère…

Le curé vint avec son enfant de chœur, en surplis blanc. Il dit la prière des morts et les voisins se succédèrent pendant deux jours pour veiller François Vilmont. Marie et sa fille s'habillèrent de noir. Puis le corbillard, tiré par deux chevaux, vint chercher le cercueil pour l'office, dans l'église de Roz.

Il se dirigea ensuite, vers le cimetière de Cherrueix où François avait désiré rejoindre Joséphine. Tout le monde suivit le cortège : les Rouvert et les voisins du hameau des “4 Salines”, Alix et son mari, les sœurs d’Augustin et tous les gens de Sainte-Anne, avec qui le père Vilmont avait passé sa vie.

C’est plus tard qu’Elisabeth ressentit le vide laissé par son grand-père, il lui manqua longtemps. Encore plus tard, elle comprit qu’avec lui, toute sa petite enfance s’en était allée.

Elle se rappelait ses premiers sommeils d’enfants. Ils avaient été bercés par le ronronnement des ailes du moulin et ses premiers pas, elle les avait faits dans les odeurs de farine qui saupoudrait parfois ses vêtements de poussière blanche.

Dans la cour du moulin, elle revoyait le père Vilmont, il lui donnait la main, tenant sa canne de l’autre. Elle devait lever la tête pour le regarder et doucement, à petits pas, ils marchaient vers la digue, voir si sa mère revenait de la grève.

En quelques mois, il lui sembla soudain qu’elle avait beaucoup grandi.

4

Antoine avait une chèvre. Si sa mère en était propriétaire, elle lui appartenait dans le sens où il s'en occupait. C'était une jolie biquette au poil blond parsemé de brun. Quand il lui portait à manger, elle accourait et lui donnait des coups de tête en le poussant gentiment, c'était sa façon à elle de manifester son affection à ce petit garçon qui venait la nourrir.

Le matin, il assumait la traite avant de partir à l'école et buvait son lait. Il l'emmenait aussi paître dans les fossés ou sur la vieille digue.

Ce jour là, la chèvre bêlait d'une manière inhabituelle.

- Elle a ses chaleurs, remarqua sa mère. Tu as vu comme elle est agitée.

- Il faut l'emmener au bouc ?

- C'est ce qu'il y a de mieux à faire.

La chose était simple. Les boucs ne manquaient pas, ils cohabitaient dans chaque écurie. Leur présence, paraît-il, protège les chevaux des maladies. Est-ce à cause de leur odeur si forte ! D'autres disent que c'est à cause de leur urine ?

Elisabeth arriva en courant… Il faisait doux et elle aimait sentir l'air tiède glisser sur ses bras et sur ses jambes.

- Où vas-tu avec ta chèvre ?
- Je l'emmène au bouc, elle est en chaleur.
- Je viens avec toi, décida-t-elle en continuant de sauter.
- D'accord, mais d'habitude les filles ne viennent pas voir ça.
- Ah ! dit-elle en s'arrêtant de danser.

Le spectacle de la nature n'était pas étranger aux enfants. Ils y prêtaient une attention discrète qui s'affinait avec l'âge, comprenant alors que la même chose pouvait arriver aux humains.

Le bouc montra immédiatement sa satisfaction de voir cette petite chevrette dont les odeurs le mirent en émoi. Les enfants regardèrent l'animal monter sur la biquette, faire quelques mouvements et redescendre, en s'intéressant déjà à autre chose. Elisabeth avait observé la scène mieux que d'habitude, elle demanda :

- Elle va faire des biquets maintenant ?
- C'est la nature qui décide.
- Pourquoi cela ne marche pas à chaque fois ?
- Parfois, il faut recommencer.
- Pour faire des bébés, on fait pareil ?
- Ben oui, que tu es bête ! répondit-il, un peu gêné tout de même, parce que pour les gens c'est différent.

Cette réponse arrêta les pensées d'Elisabeth quelques secondes. Cependant la maturité de son esprit ne lui permettait pas d'aller plus avant.

Elle enchaîna :

- Alexis est parti ?
- Oui, ce matin chez Coueffet, à Villebrune, il est "engagé".
- Et l'école ?
- C'est fini pour lui. Il a douze ans depuis le début de l'année. L'âge d'aller travailler, ont dit les parents. Tu comprends, à la ferme ils avaient besoin d'un pâtour, ils n'ont pas voulu perdre la place.
- Et son certificat, il ne la passera pas alors ?

- Pour garder les moutons où travailler dans les champs, il n'en a pas besoin. En tout cas il était content, je peux te l'assurer. Il sera traité comme un grand maintenant.

Elisabeth pesait les paroles d'Antoine... Elle n'aurait pas aimé quitter l'école avant d'avoir obtenu son certificat.

- Moi, je voudrais être institutrice ! Et toi ?

Il réfléchit un instant mais il vivait encore trop son enfance pour se projeter dans un avenir qu'il ne concevait pas. Serait-il garde-chasse comme son père ? Fermier ? Non, il ne le pensait pas. Artisan ? Oui, pourquoi pas, la mécanique l'attirait, il aimait travailler avec Georges Maudais. Seulement voilà, le nombre des voitures n'était pas assez important pour en faire un métier. Non, il ne voyait pas.

- Je ne sais pas encore.

Par contre, ce dont il était certain et cela était beaucoup plus préoccupant, c'est d'une marée de 105 la semaine suivante.

- Viendras-tu aux crassiers, jeudi ?

- Bien sûr !

Pourquoi lui posait-il la question ?

La chèvre attachée à une longe suivait Antoine. Elle était plus calme et semblait comblée.

- Comment sauras-tu qu'elle va faire des biquets ?

- On le verra ! Et son ventre va grossir.

Les mois suivants, Antoine et Elisabeth surveillèrent la chèvre. Son ventre s'arrondissait et parfois on voyait le frémissement des bébés sous sa peau. Alors il comptèrent les jours : cent cinquante, avait dit Louis.

- Pas tout à fait cinq mois calcula Elisabeth.

Enfin, elle mit bas deux jolis petits "biquets". Ils venaient les voir tous les soirs, jouant avec eux et riant de leurs gestes maladroits. Elisabeth les prenait contre elle, ils se nichaient sous ses bras et attrapaient ses vêtements pour les téter. Elle les repoussait en souriant :

- Qu'ils sont mignons !

- Hier, maman a demandé lequel nous ferions rôtir pour Pâques…

Elle protesta en donnant un baiser sur le museau de son préféré :

- Oh non ! Ils sont trop gentils !

Et se redressa, offusquée.

- Comment feras-tu ? Tu pourras les manger, toi ?

- Bah ! Quand tu as un bon morceau dans ton assiette, tu ne te poses pas la question…

Puis ce fut le retour de la belle saison et des vacances scolaires. La maison sur la digue regrettait le grand-père, même si ses habitants n'en parlaient pas souvent. Son souvenir flottait parfois d'une manière perceptible autour de son lit et de son armoire, restés à leur place. La vie continuait cependant pour chacun, comme il l'avait demandé avant de partir.

Une autre grande marée eut lieu au début de juillet. C'était la dernière de cette importance, avant celle du mois de septembre. Elle ramena tous les pêcheurs du hameau aux crassiers. Elisabeth et Antoine prirent leurs vélos et furent rejoints par Victor. Son père lui avait fait confectionner un havenet tout neuf, il le prêta à Elisabeth qui remplit son dossier de crevettes. Antoine était fier d'avoir pêché un congre, tout seul, et de belle taille.

- J'irai voir Alexis demain. Tu veux venir avec moi ? proposa-t-il à Victor. On ira se baigner.

- Oui, je viendrai !

Elisabeth s'était rapprochée de sa mère et n'avait pas écouté la conversation. Le lendemain, elle fut surprise d'entendre Joséphine lui dire :

- Si c'est Antoine que tu cherches, il n'est pas là.

- Sais-tu où il est ?

- Il est allé à Villebrune avec Victor.

La petite fille intriguée, monta sur sa bicyclette et se dirigea vers les herbus. Elle suivit la digue à flots, espérant rencontrer les garçons. Elle n'était pas au bout de ses surprises quand elle les entendit rire, en se disant qu'elle les avait trouvés.

- Tiens ! Ils sont dans l'eau !

Une grande criche s'ouvrait sous Belmontet et les gamins s'y baignaient. Il furent très gênés en la voyant. Leurs rires se transformèrent en secousses nerveuses dissimulées derrière leurs mains posées devant la bouche, pour pouffer par en dessous. Elle continua d'avancer et vit leurs vêtements dans l'herbe. S'approchant encore, les garçons apparurent dans leur plus simple appareil. Elle recula, embarrassée, puis se retourna en plaisantant :

- Vous vous baignez tout nu ! C'est pour ça que vous ne m'avez rien dit.

Les garçons sortirent prestement de l'eau, pendant qu'elle ne les voyait pas et enfilèrent leur pantalon. Maintenant, très à l'aise, ils badinaient eux aussi.

- Nous n'avons pas de maillot de bain ! Ce n'est pas une raison pour ne pas se baigner.

La petite fille osa à nouveau les regarder.

- Vous savez nager ?

- Non ! Mais on apprend…

Elisabeth contemplait la criche avec envie. Il faisait chaud. Elle aurait aimé se dévêtir et entrer dans cette eau apportée par la dernière marée.

- La mer descend. On aurait le temps d'aller au Mont Saint-Michel, proposa Alexis. Les moutons ne risquent rien, les herbus sont secs et ils sont trop occupés à brouter pour s'apercevoir de l'absence de leur pâtour.

Elisabeth attendait ce moment depuis si longtemps, elle frappa dans ses mains avec enthousiasme.

- Oh oui ! Vous me l'aviez promis !

- D'accord, confirma Antoine. On y va !

Ils finirent de s'habiller, laissant leurs chaussures et les vélos sur la digue. Le petit groupe entreprit la marche sur les schorres, traversant les criches à sec, contournant les autres et sautant les moins larges, en évitant de glisser sur les tangues humides qui bordaient les fossés.

Le Mont bouchait presque leur horizon. Il était impressionnant et attirait les enfants comme un château mystérieux, un lieu étrange et particulier où dominait l'abbaye.

Sans savoir que le rocher était toujours consacré à Saint-Michel, ils ressentaient la présence mystique de l'endroit, rendu plus énigmatique encore par ses légendes. Ils arrivèrent sur les slikkes*, mais le Couesnon les séparait de la Merveille.

- Nous allons le traverser derrière le Mont, précisa Alexis, agissant en responsable. Il sera moins profond.

Les garçons remontèrent leurs pantalons au-dessus du genou et sans manière, Elisabeth attacha ses jupes à sa taille, comme elle le faisait à la pêche. Ils entrèrent dans l'eau. Antoine la goûta avec un doigt, Victor et Alexis firent de même.

- Elle est douce !

- Oui, la mer s'est complètement retirée, plus de trace de sel. Elle ne va tarder à remonter. Il ne faudra pas rester trop longtemps. Dépêchons-nous ! ordonna Alexis, qui décidément se comportait en aîné.

Elisabeth ne disait rien. Réceptive à tout ce qu'elle voyait, elle observait, impatiente d'entrer dans le "Mont" et de grimper sur les remparts se dressant au-dessus d'elle.

Ils sortirent de l'eau et marchèrent dans la vase. Elle s'enfonçait sous leurs pieds avec douceur et ressortait en paquets bleus, comme une caresse entre leurs orteils. Ayant déjà dépassé la chapelle Saint-Aubert, ils contournèrent le rocher en passant devant le petit bois et continuèrent sous les remparts.

* partie blanche non herbée de la grève.

De larges gouttières descendaient des grands murs de pierres. À leur base, un amas de déchets rouges, mélangés à des coquilles d'huîtres, attirait les mouches et répandait une odeur nauséabonde. Elisabeth en fut étonnée.

- Ce sont des carcasses de homards ! Les "rupins" viennent se les faire servir, persuadés qu'on les pêche autour du Mont.

- Je n'en ai jamais mangé.

- Nous non plus, il n'y en pas aux Hermelles ! Il faudrait les acheter et c'est beaucoup trop cher. Tu penses ! Ils viennent de Saint-Malo ou de Chausey…

Ils montèrent sur la digue-route, reliant le Mont à la terre ferme où stationnaient des voitures automobiles. Les garçons les admirèrent en connaisseurs, tout en remettant leurs pantalons en place. Elisabeth descendit ses jupes et chercha un peu d'herbe pour essuyer ses pieds. Après la petite passerelle en bois, ils pénétrèrent dans le Mont par la porte de l'Avançée. Des gens entraient et sortaient, ce n'était plus la grève, ni les polders mais une ville. Personne ne faisait attention aux gamins aux pieds-nus. Devant la porte du Roy, à l'emplacement du pont-levis les garçons s'arrêtèrent. Elisabeth ne suivait plus. Ils se retournèrent pour l'appeler.

Restée devant le restaurant de la mère Poulard, elle regardait les bourriches remplies d'œufs et les soubrettes en tablier blanc qui s'activaient. Un cuisinier, coiffé d'une grande toque, cuisait la fameuse omelette dans la cheminée au bord de la rue.

Les passants curieux s'arrêtaient. Mis en appétit par la bonne odeur de beurre doré, ils entraient pour se faire servir le plat, dont la renommée avait passé les frontières.

- Allez, tu viens ! Tu ne verras pas la mère Poulard, elle ne travaille plus depuis longtemps. Elle a vendu.

- Oui j'arrive !

Un homme, en costume bleu marine et casquette, les interpella. Son ton bourru était démenti par un sourire bienveillant.

- Tiens ! Mais ce sont les petits gars des polders et avec une fille aujourd'hui ! Vous n'avez pas eu peur de la perdre dans le Couesnon ? On attend le mascaret dans moins d'une heure et demie, vous le savez, j'espère ?

- Oui, oui ! Ne vous en faites pas...

- La petite demoiselle n'a jamais vu le musée ? C'est mon tour de faire les visites. Je vous emmène si vous voulez ?

- Oui, monsieur.

- Qui est-ce ? se renseigna Elisabeth près d'Antoine en montant l'unique rue.

- C'est un guide, on le connaît. Il nous permet parfois d'entrer dans son musée sans payer. Ce qu'on aime, c'est le périscope.

- Le quoi ?

- Le périscope ! Je ne peux pas t'expliquer. On s'enferme dans le noir, dans une cabane, et sur une table on voit tout ce qui se passe dehors.

Elisabeth ne répondit pas. Antoine affirmait des choses tellement étonnantes. Ses yeux venaient d'être attirés, dans un magasin, par une affiche d'avant-guerre : "Bains de mer à Granville", et pour en proclamer les bienfaits, trois baigneuses souriaient en costume de bain. Elle en nota la forme semblable à un petit costume marin avec un grand col gansé de blanc et un joli pantalon s'arrêtant au-dessus du genou.

- Il me faudrait le même pour me baigner avec les garçons, pensa-t-elle.

Dans la boutique s'entassaient toutes sortes de souvenirs pour touristes ou pèlerins : des boîtes de coques d'or du Mont Saint-Michel, des statues de l'Archange en miniature, des chapelets, des coquilles de Saint-Jacques, des dessins et des photos. Elle ne pouvait pas tout voir et ayant peur de perdre ses compagnons, elle se mit à courir pour rattraper Antoine qui la guettait au milieu de la foule des badauds.

À la porte des restaurants, les "goglus" faisaient la réclame, débitant sans arrêter les mêmes phrases pour attirer les clients, chez eux plutôt qu'à côté :

- Entrez ! Mesdames et messieurs. Nous avons "vue sur mer" et chez nous vous mangerez les gigots de prés-salés, les meilleurs de la région, les homards de la baie qui, vous le savez, ont un goût incomparable. Sans oublier la fameuse omelette, dont madame Poulard nous a transmis, elle-même, sa recette avant de se retirer. Entrez ! Entrez ! Il nous reste encore quelques tables disponibles.

Le bonimenteur s'arrêtait une seconde et s'effaçait pour laisser entrer les touristes, séduits par son langage, puis il recommençait.

Elisabeth était grisée par tout ce bruit, auquel elle n'était pas accoutumée. Quittant cette agitation, ils commencèrent à monter les marches conduisant à l'abbaye et au musée.

Elle s'arrêta et leva la tête pour regarder le sommet du Mont. Surmontant les arcs-boutants et les contreforts qui soutenaient le chœur de l'abbatiale, s'élevaient les sculptures de pierres de la "couronne du chevet". Elle n'avait jamais vu de pinacles et ne connaissait pas ce nom, mais elle pensa à une forêt de pierres. Elle imagina le vent s'engouffrant en sifflant dans ces fleurs de granit les jours de tempêtes.

Pour ne pas soutenir plus longtemps le regard des gargouilles monstrueuses, elle porta plus haut ses yeux. L'escalier en dentelle de pierre, dont lui avait parlé sa mère, s'élevait dans un ciel pur vers la statue recouverte d'or de l'archange. L'épée à la main, il semblait poursuivre son combat avec quelque démon égaré. Plus bas, des murailles altières surplombaient le petit bois, elles abritaient sans doute les logements des moines.

"C'était donc ça la merveille dont lui avait parlé Antoine."

Par-dessus les remparts, La baie s'offrait aux rayons d'un soleil en déclin. Le Couesnon, la Sélune et la Sée, les trois rivières aux reflets argentés, scintillaient en serpentant au milieu des tangues dont les teintes de gris pouvaient se décliner du bleu au rose. À portée de main, Tombelaine, rocher endormi au milieu des sables, s'allongeait comme un gisant...

En montant les dernières marches, elle pensa à la belle Hélaine et à son grand-père. Hélas ! Il n'était plus là pour lui raconter des histoires.

- Allez les gamins, entrez ! Et faites-vous discrets.

Le guide reçut les clefs des mains de son collègue et commença une visite avec un nouveau groupe.

Dans une sorte de couloir sombre et tortueux, il présenta les cachots avec des personnages de cire en tenue d'époque. La cage de fer suspendue où on enfermait les prisonniers les plus récalcitrants, le marquis de Tombelaine dans les sables mouvants et pour finir la mystérieuse Tiphaine de Raguenel, guettant au-delà des remparts et des grèves, le retour de son célèbre époux, Bertrand du Guesclin. Tout cela dans une demi-obscurité qui faisait peur, une odeur de renfermé et de bougie mal éteinte. Elisabeth prit la main de Victor pour se rassurer et pour ne pas se perdre.

Soudain, le guide ouvrit une porte sur la lumière. Le soleil fit cligner les yeux, on voyait le ciel. La petite fille respira et retrouva avec bonheur les odeurs de la grève, on était au sommet du rocher. Elle reconnaissait au loin, les rangées de peupliers et les digues d'où elle avait si souvent admiré le Mont.

- Et maintenant, mesdames et messieurs, nous allons vous montrer quelque chose d'inédit ! Entrez dans la petite maison au fond du jardin, s'il vous plait !

Les visiteurs s'entassèrent dans la cabane et le guide ferma la porte. Il orienta le périscope et après quelques tâtonnements, l'image se fit distincte sur la table blanche et ronde occupant le centre de la pièce. D'abord ce furent les jardins où deux ou trois personnes se promenaient, puis les grèves, la digue avec le va-et-vient des automobiles et l'abbaye surmontée de sa flèche de trente deux mètres. L'image était en couleur et les personnages bougeaient. Elisabeth n'en croyait pas ses yeux.

- Comment ce phénomène pouvait-il se produire ?

Elle n'arrivait pas à détacher son regard de la petite table. Le guide la faisait tourner pour obtenir un champ plus ou moins grand, en la faisant monter ou descendre.

- Vous avez remarqué l'espèce de cheminée dépassant du toit ? C'est par un jeu de miroir que nous obtenons ces représentations et nous pouvons voir sans être vu. Regardez ! Ces amoureux sur le banc, ils se croient seuls au monde... Ils vont s'embrasser, je parie ! Voilà ! Et là-bas, ce monsieur, il n'a pas l'air content. La gifle est dans l'air ! Le gamin baisse le nez, il a dû faire une bêtise !

Tout le monde riait. C'était vraiment amusant de surprendre des scènes de la vie, en réalité bien ordinaires, mais qui, vues de cette façon, prenaient un autre relief.

Il y a quelques mois, à l'occasion du passage d'un premier cinéma ambulant au "Bas du Palais", Elisabeth avait vu des images qui bougent. Après avoir entendu les explications de leurs pères, les enfants n'auraient manquer cette nouveauté pour rien au monde. Pendant la guerre dans les tranchées, pour distraire les soldats, on leur avait montré "la lanterne magique" et ils étaient très fiers de faire découvrir cette invention à leur progéniture.

Elisabeth s'en souvenait avec émerveillement mais ce qu'elle venait de voir était encore plus extraordinaire. Pas besoin d'un accessoiriste pour tourner une manivelle faisant se succéder des scènes en noir et blanc, renvoyées par une lanterne sur un écran.

Après avoir annoncé la fin de la visite, le mentor ouvrit la porte et l'image s'effaça en même temps que s'évanouissait le rêve.

- Vous pouvez ressortir par les jardins, proposa-t-il en rangeant le périscope.

Puis la main prête à recevoir les pourboires, il s'approcha de la sortie.

- N'oubliez pas le guide s'il vous plait ! Les gamins des polders ! Retournez sur la grève et prenez le chemin du retour ! Il est temps. Je ne voudrais pas apprendre demain, dans le journal, que des enfants ont été emportés par la mer.

Ils saluèrent cet homme qui les aimait bien :

- Soyez sans crainte, monsieur, on rentre !

Ils ne reprirent pas la rue principale mais les escaliers et les venelles desservant les jardins qu'ils connaissaient par cœur. Elisabeth flottait encore dans le souvenir des images et se posait mille questions. Elle ne vit pas ses compagnons prendre la toute petite rue, se faufilant entre les maisons, et se retrouva seule au milieu du petit cimetière.

Les garçons couraient… Il était grand temps de repasser la rivière, s'ils voulaient le faire sans problème. Ils ne découvrirent l'absence d'Elisabeth qu'après avoir descendu l'étroit escalier débouchant dans la grande rue, à côté du restaurant “La Confiance”.

- Nous avons perdu Elisabeth ! s'inquiéta Victor.

Soucieux, ils regardèrent la venelle dévalant du rocher… Il n'y avait personne et le temps pressait.

- Je monte la chercher, dit Antoine.

- Non ! Il faut descendre pour sortir du Mont, elle le saura bien. Il n'y a pas d'autre moyen de toute façon… Ah la la ! Avec les filles il y a toujours des problèmes ! Si tu retournes, tu seras retardé toi aussi. Alexis s'impatientait. Allez ! Venez ! Nous l'attendrons pour traverser.

Il n'y avait pas une minute à perdre. Ils le savaient bien tous les trois.

- Partez devant ! Je vais rester ici quelques instants, annonça

Victor d'un ton ferme. Elle va essayer de retrouver le chemin que nous avons pris en montant.

- Bon d'accord, nous nous arrêterons à la porte de l'Avancée. Mais qu'elle se dépêche ! Nous avons déjà trop attendu. Si nous sommes coincés, ça va faire du vilain.

Antoine et Alexis marchaient en silence... Ni l'un ni l'autre ne pouvaient envisager, que leur escapade au Mont se termine en catastrophe. Alexis voyait le remue-ménage à la ferme, s'il ne rentrait pas à l'heure avec ses moutons. Peut-être le croirait-on surpris par la mer ?

Monsieur Coueffet enverrait des hommes à sa recherche, dans les herbus et dans les criches. On préviendrait son père. Il avait beau se prendre pour un homme depuis qu'il n'allait plus à l'école, ce n'était pas difficile d'imaginer la correction et la honte qui s'en suivrait.

L'angoisse se nouait dans la poitrine d'Antoine. S'il prévoyait, lui aussi, de sévères remontrances à la maison, le sort d'Elisabeth était son principal souci. On ne pouvait pas la laisser se débrouiller seule, elle ne connaissait pas assez le Mont. Non, il fallait l'aider...

Elisabeth avait eu un moment de panique.

- Mon dieu, je les ai perdus ! Par où faut-il aller ? La marée ne va pas tarder à monter... et je n'ai même pas prévenu maman... Elle fit le tour du cimetière, un chemin montait vers l'Ouest. Non ! Il faut descendre pour retrouver la grève...

Longeant des maisons, une petite rue s'ouvrait en terrain plat. Fébrile, elle s'y engagea. Après un angle de pierre, la ruelle accusait une descente, elle se mit à courir mais le chemin remontait et passait sous un porche...

"Dieu du ciel ! Où suis-je ?"

Soudain, elle se retrouva dans la grande rue. Sans hésiter, elle tourna à droite et continua à descendre. Les gens montaient sans se presser, dans sa hâte elle se cogna à un passant.

- Nom d'une pipe ! Pouvez pas faire attention, non !

Elle ne l'entendit pas. Elle courait toujours... Dans un éclair, elle reconnut les boutiques et l'affiche des baigneuses.

- Je vais les rattraper... Sainte-Vierge ! Pourvu qu'ils soient encore dans le Mont.

De loin, elle aperçut Victor dont le regard fouillait la foule. Elle cria :

- Victor ! Victor ! Je suis là.

Elle leva un bras pour lui donner un point de repère. Le bruit des conversations et les cris des marchands emplissaient la rue d'un brouhaha continu, il n'entendit pas son appel et ne découvrit sa présence qu'à quelques mètres de lui.

D'un coup, il respira mieux. Mais au lieu d'afficher son contentement, il grogna :

- Enfin ! Elisabeth qu'est ce que tu fiches ? Tu veux tous nous faire noyer. Allez, vite ! Il lui prit la main au moment où elle arrivait, sans lui laisser le temps de s'arrêter. Alexis et Antoine sont à la porte de l'Avancée, j'espère qu'ils nous attendent encore.

Le Couesnon coulait, toujours paisible mais pour combien de temps encore ? Alexis surveillait la rivière et la porte du Boulevard en tournant la tête à droite puis à gauche. Son regard venait d'être attiré par deux hommes, discutant à quelques mètres, légèrement cachés entre la passerelle en bois et la digue-route. Il donna un coup de coude à Antoine :

- Tu vois le bonhomme là-bas, celui qui discute, le plus jeune, mal rasé et mal habillé avec une musette. Je l'ai déjà vu dans les polders.

- Moi aussi. Regarde ! L'autre lui remet une enveloppe, il la glisse dans sa poche et maintenant il donne sa musette. Je ne sais pas ce qu'il y a dedans mais elle est bien remplie.

- Tout ça me paraît un peu louche !

Ce n'était pas le moment de se perdre en conjectures.

- Que font-ils ? Ce n'est tout de même pas difficile de sortir du Mont. Il faut y aller sapristi !...

- Je vais voir, dit Antoine.

Il fit seulement quelques pas et se trouva nez à nez avec les deux retardataires qui entraient dans la Redoute, devant le restaurant de la mère Poulard.

- Vite ! Vite ! Alexis est furieux.

- A-t-on encore le temps ? demanda Victor.

- Si on se dépêche, peut-être...

Devant Alexis, ils ne s'arrêtèrent pas. Il se mit à courir avec eux. Dans la hâte, ils remontèrent jupe et pantalons. L'aîné venait de décider :

- Tant pis, si on se mouille un peu plus, il faut passer maintenant. On n'a pas le temps d'aller au gué. La mer approche. Quand le mascaret sera dans la rivière, il sera trop tard.

Il entra le premier dans l'eau. Elle était encore claire et tout en surveillant le fond, il progressa lentement. Le niveau atteignit rapidement ses genoux puis ses cuisses. La jupe d'Elisabeth, mal attachée, flottait autour d'elle. Ils s'enfoncèrent encore un peu et dépassèrent le milieu du Couesnon, le plus dur était fait. Ils atteignirent la rive, les vêtements mouillés jusqu'à la taille, mais c'est un soupir de soulagement qui sortit de la bouche d'Alexis :

- Nous avons traversé ! Seulement, il reste les grèves. Quand la mer va monter, elle va remplir les criches et vous le savez, c'est encore plus dangereux et plus sournois, parce que l'eau sera cachée par les herbus. Coupons au plus court en nous dirigeant vers Saincey !

Elisabeth se taisait. Ce n'était pas le moment d'attirer l'attention sur elle... Elle regrettait pourtant de ne pas voir le mascaret dont on lui avait parlé comme d'une manifestation extraordinaire : une vague qui arrivait en grondant, inversant le courant des rivières.

Ils couraient plus qu'ils ne marchaient, embarrassés par leurs vêtements mouillés. Le soleil avait commencé à les sécher en y laissant des traces blanches de tangue. Ils arrivèrent bientôt en vue de la digue à flot. Elle protégeait les polders et la mer ne l'atteignait qu'aux grandes marées. Le sable était sec. Alors seulement, ils ralentirent leur allure et Alexis dit :

- C'est bon maintenant, nous ne risquons plus rien... Elisabeth, tu nous as fait galoper, ça tu peux le dire ! Jamais je ne suis revenu du Mont à cette vitesse... Puis, pour la taquiner : Oh la la ! Tu as vu ta jupe? Que va dire ta mère ?

Le danger était écarté, il ne lui en voulait plus. Songeur, il ajouta :

- Ton retard nous a même permis d'observer une chose curieuse.

- Quoi ?

Il n'eut pas le temps de répondre.

- Vous entendez ? demanda Antoine.

Le grondement se rapprochait

- C'est la barre !

- Allons voir !

Ils se hâtèrent vers la rivière. À cet endroit elle faisait un coude en se rétrécissant et en se rapprochant de la digue. Ils l'atteignirent au moment où le mascaret passait. La barre, de près d'un mètre de hauteur, glissait avec un chuintement étrange. Elle méritait bien son nom, puisque la vague, comme un mur d'eau, remontait le cours du Couesnon, sans se briser ni rouler, et la vitesse surprit Elisabeth. Emerveillée, elle regardait ce phénomène pour la première fois.

L'eau bouillonnait avec force et bruit en remplissant le cours d'eau. Le Couesnon débordait déjà dans sa partie basse et s'étalait sur les herbus. Même sur les garçons, pour qui l'événement n'était pas nouveau, le mascaret exerçait toujours une fascination.

Ils l'admirèrent en silence et attendirent l'apparition des paquets d'écume, les "moutons" comme on disait. Ils voulaient voir de quel niveau serait la marée. La mer couvrait maintenant tout l'espace qu'ils venaient de traverser.

C'est avec une peur rétrospective et la satisfaction de se sentir à l'abri du flot, du bon côté de la rivière, qu'ils considéraient le danger auquel ils venaient d'échapper. Ils s'arrachèrent à regret, à la contemplation du spectacle et prirent la digue vers Belmontet où ils avaient laissé chaussures et vélos

-Je suis en retard, constata Alexis. Antoine ! Tu viens m'aider à rassembler les moutons ? Tu vois, ils connaissent l'heure. Ils se regroupent déjà, près du chemin.

- Moi aussi, je devrais être rentré… Et toi ? demanda Victor à Elisabeth.

Elle ramassa vivement sa bicyclette.

- Attends-moi ! J'arrive… Si maman a vu Joséphine, elle est au courant de ma présence avec vous dans les grèves, sinon ?

Ils aimaient être ensemble. Une complicité instinctive les unissait, lui très brun, elle si blonde, tous les deux les yeux clairs dans les mêmes teintes de bleu.

Elle s'extasia en enfourchant son vélo :

- C'était beau le mascaret ! Quelle journée ! Je ne l'oublierai pas de si tôt. Le Mont Saint-Michel et ensuite la barre remontant le Couesnon. Elle ajouta, en pédalant un peu plus vite pour venir à la hauteur de Victor : sans compter la peur que j'ai eue de ne pas vous retrouver à temps.

- C'est vrai, on aurait dû te laisser, lança-t-il pour plaisanter.

- Oh ! Je serais passée sans vous, affirma-t-elle, de son petit ton calme.

Elle en aurait été capable, se dit Victor.

Le soleil allongeait les ombres des peupliers sur la digue et là-bas, vers la mer, il embrasait le ciel des couleurs rouges du couchant. Parfois, un gros nuage blanc, de ceux qui aiment jouer à cache-cache, passait devant le soleil pour l'obliger à envoyer des reflets irréels et dorés dans la baie.

Comme une réflexion sans réponse, Elisabeth posa soudain la question :

- Pourquoi les filles ne se baignent pas ?

- Parce qu'il leur faudrait un maillot… Je ne sais pas, moi, elles ont peur de l'eau, sans doute.

- Je n'aurai pas peur, moi.

C'est vrai. Elisabeth n'était pas comme la plupart des filles. Elle allait à la pêche comme les garçons, elle courait avec eux sur les digues à bicyclette et maintenant voilà qu'elle voulait apprendre à nager... Il pencha la tête pour la regarder, elle roulait à côté de lui et elle souriait, comme si c'était la chose la plus naturelle qui soit.

Sur la vielle digue, Victor prit congé et continua vers la Saline où ses parents devaient l'attendre. Il avait promis de rentrer de bonne heure pour aider à la traite. Après un "au revoir", il accéléra son allure.

Pour Elisabeth, comme elle s'en doutait, son absence prolongée avait été remarquée et elle dut donner des explications à sa mère. Elle omiT juste de dire comment ils avaient passé le Couesnon de justesse. Pour le reste, la petite fille était tellement enthousiaste que Marie eut du mal à lui faire des reproches, même pour la jupe qu'il faudrait laver et qui se tenait maintenant sèche et raide autour de ses jambes, amidonnée de tangue et de sel.

En voyant sa fille si heureuse, Marie se rappelait ses journées avec Augustin au même âge. Elle sourit au souvenir des heures passées ensemble, cachés derrière les haies à épier les oiseaux, ou des jours de grandes marées à Cherrueix, avec les autres gamins du bourg, à défier les vagues venant heurter la digue. Elle aussi était rentrée à la maison trempée par la mer, après avoir voulu la braver.

D'autres images s'insinuèrent devant ses yeux, comme sorties d'une brume lointaine : l'arrivée du petit train au pied du Mont Saint-Michel et l'émerveillement de Pierre. Elle lui donnait le bras, il portait leur sac. C'était le lendemain de leur mariage, un an avant la naissance du petit François. Vingt années s'étaient écoulées et toujours le même creux dans le cœur lui fit venir les larmes aux yeux. François et Pierre n'étaient plus. Elle formula une prière pour qu'ils soient ensemble, ils s'aimaient tant. Une voix la ramena à la réalité :

- Maman ! Maman ! Tu m'écoutes ?

- Oui, répondit-elle en passant discrètement, une main sur ses yeux humides.

- Au Mont j'ai vu une affiche avec des dames en costume de bain. J'en voudrais un pour aller me baigner dans les criches avec les garçons.

- Tu n'y penses pas ! Les filles ne vont pas se baigner dans les criches.

- Mais je voudrais apprendre à nager !

- Apprendre à nager ?

- Ben oui ! Les garçons le font bien, eux.

- Personne ne vend de costumes de bain à Roz. On n'a jamais vu de femmes dans cette tenue par ici et que dirait-on ?

- À la pêche, tout le monde voit nos jambes.

- À la pêche ce n'est pas pareil.

- À Cancale ou à Granville, les filles se baignent bien, elles... Dis maman ! Tu pourrais m'en faire un ? Avec un col marin et un petit pantalon.

Marie avait envie de rire mais se retint. Elle se reconnaissait dans l'impatience de sa fille.

- On verra ! Je vais en parler avec Augustin. Pour le moment, tu ferais mieux de rattraper le temps perdu au lieu de jacasser. Va donc chercher de l'herbe pour les lapins et remplit bien le panier, s'il te plait ! Ne fais pas semblant.

- Oui, maman !

Elle sortit en faisant une pirouette, espérant amadouer sa mère par sa docilité.

Il n'était pas nécessaire de montrer le chemin aux moutons pour rentrer à la ferme, ils le connaissaient. Alexis, tout en surveillant les retardataires, discutait avec Antoine qui sur sa bicyclette, calquait sa vitesse sur la sienne.

- Le gars que nous avons vu au Mont… Ça y est ! Je m'en souviens, c'est le fils Brilloux ! Il habite à Roz avec ses parents, en face de la ruine du vieux moulin, au-dessus des Chouannières.

- Ah oui ! Ceux qu'on appelle les braconniers.

- Dans sa musette, c'était du gibier, tu crois ?

- Ça se pourrait bien.

- Alors il le vend ! Le père essaye de les choper depuis si longtemps ! Tu vas lui raconter ce que nous avons vu ?

- Oui, tu penses ! Bon, j'y vais.

Il appuya plus fort sur les pédales :

- À demain peut-être !

Antoine fila sur la digue en direction des “4 Salines”, laissant Alexis continuer vers Villebrune.

Joséphine n'eut pas le temps de demander à son fils d'où il venait. Les vêtements encore mouillés et blanchis par la tangue, il s'informa de l'endroit où était son père et courut le rejoindre. Avec force détails, il fit revivre à Louis la scène au pied de la passerelle en bois.

- Hé bien mon cochon ! Voilà qu'ils font du commerce maintenant. Viens ! Il faut le dire à Augustin.

Celui-ci était dans ses pépinières et après avoir écouté le récit d'Antoine, ils discutèrent tous les trois pendant un bon moment, de la meilleure façon pour coincer ce personnage insaisissable.

- D'abord, nous allons refaire une opération de nuit, proposa Augustin.
- Dès ce soir si tu veux. Je passe te prendre comme d'habitude.
- Entendu.

Ils n'étaient sûrs de rien dans cette nuit sans lune, avec juste un peu de vent pour brouiller les bruits et ne pas se faire entendre. Ils s'installèrent au pied des peupliers, là où ils savaient passer inaperçus, et ce fût l'attente... Vers deux heures du matin, n'ayant vu personne ils allaient repartir, quand...
- Il y a quelqu'un là-bas ? Regarde ! Sous Cotterets.
- Tu as raison, répondit Louis. Il vient vers nous. À plat ventre, vite !

La silhouette se rapprochait… Au dernier moment, elle changea de direction et disparut derrière une digue transversale. Augustin et Louis essayèrent de progresser en dévalant le talus sans bruit. Ils escaladèrent la digue suivante et finirent en rampant. De l'autre côté du remblai, il n'y avait personne…

Ils cherchèrent de tous les côtés, fouillèrent l'horizon, descendirent sur la risberme*, essayant de repérer des traces. Rien. Ils se regardèrent stupéfaits, puis remontèrent sur le talus, aucune forme ne se profilait et pourtant la nuit était moins sombre.
- Comment a-t-il pu faire cela ?
- Nous n'avons pas rêvé tout de même ? La taupette ne nous a pas brouillé la vue à ce point.
- Hé bien ! Rentrons ! Il n'y a rien d'autre à faire, nous ne verrons plus personne ce soir. Il doit bien s'amuser le coquin. Crois-moi, il nous a vite repérés !
- Ce n'est pas possible... Il doit avoir une cachette
- Il faudra revenir de jour et explorer toute la digue.
- J'ai crû reconnaître le père Brilloux.

* espace de protection enre le bief et la digue.

- J'y ai pensé, moi aussi, mais je n'en suis pas sûr.

Il retournèrent mécontents à la maison... Il faut bien le dire, les braconniers sont parfois plus astucieux que les gardes-chasse... Heureusement, il y avait une compensation : la douceur de la nuit. Les deux compères aimaient ces petites virées nocturnes entre hommes, dans un monde qui semblait leur appartenir, en donnant l'apparence de s'être arrêté de vivre.

Louis réfléchissait :

- Nous avons pris le père Malgoire et Gilbert Fauvel, l'autre jour. Ce n'est tout de même pas l'un ou l'autre ?

- Non, c'est sûr, ceux-là, la nuit ils dorment, enfin je crois, parce que dans la journée ils travaillent, mais on va continuer de les surveiller et les Brilloux aussi.

- À demain ! Joséphine doit m'attendre, elle ne dort pas si je ne suis pas rentré.

Augustin ne voulait pas réveiller Marie, mais elle non plus n'avait pas sommeil. Il lui raconta toute cette histoire.

- Tu comprends s'ils nous tuent la moitié du gibier avant l'ouverture de la chasse, de quoi aurons-nous l'air devant les Guérard, les Noyeuil et ces messieurs de la Compagnie ?

Elle répondit avec malice :

- De gardes-chasse capables de se laisser berner !

Son mari aimait son métier et voulait le faire correctement, elle en était persuadée. Elle devinait aussi son goût pour ces jeux de cache-cache avec les braconniers... Pour ne pas montrer la lueur taquine qui brillait dans ses yeux, elle tapota ses oreillers et, changeant de sujet, elle ajouta :

- Tu ne sais pas ce que m'a demandé Elisabeth ?

- Non.

- Un costume de bain, pour aller dans les criches avec les garçons. Elle veut apprendre à nager.

- Mais tu sais que les garçons se baignent tout nu ?

- Non ! Tu le faisais, toi ?

- Heu ! Non… enfin pas avec les filles.

- Je vois ! Alors il est hors de question qu'Elisabeth retourne dans la grève.

- Ne dramatise pas ! Ce sont des gamins et ils peuvent aussi garder leurs pantalons.

- Alors tu es d'accord ?

- Pour qu'elle apprenne à nager ? Oui. Tu n'aurais pas aimé, toi ? Souviens-toi, à Cherrueix.

- Mais c'était avec toi !

- C'est vrai et je rêvais déjà de faire de toi ma femme… Mais toi tu ne pensais à rien, gronda-t-il en la serrant contre lui. J'étais seulement le camarade qui faisait tous tes caprices. Pour Elisabeth, ça doit être pareil.

- Seulement, ils sont plusieurs.

- Justement, c'est beaucoup mieux comme ça. Ils s'occuperont mieux d'elle.

- On n'a pas l'habitude de voir les femmes se baigner par ici.

- Les temps changent ! C'est normal pour une fille d'apprendre à nager à notre époque. À Cancale, les Parisiennes en vacances montrent leurs jambes et portent des maillots qui laissent tout deviner, paraît-il. Tiens ! À Pontorson, l'autre jour, j'ai vu une femme habillée avec une robe presque aussi courte que celle que tu mettais pour travailler au moulin. Dis-moi ? Toi non plus tu n'étais pas la dernière à faire des innovations… Dans le fond, tu étais juste un peu en avance sur ton temps, comme Elisabeth…

Elle reconnaissait n'avoir jamais aimé se laisser enfermer dans les carcans et les principes de la société, dérisoires à ses yeux. Sans hésiter, elle avait poursuivi son chemin, selon sa volonté, en faisant fi des convenances.

- Quand on est parent, on oublie toujours un peu sa jeunesse. Tu le sais, je veux le meilleur pour Elisabeth.

- Moi aussi et précisément, savoir nager en fait partie. Je n'y vois pas de mal, bien au contraire. Nous habitons au bord de la mer, c'est logique et tout de même plus rassurant.

Elle se blottit contre lui et abdiqua... Tout était simple avec Augustin. Marie goûta le bien-être de sa présence et ils restèrent silencieux.

Ce matin là, un dimanche, la journée s'annonçait belle. Le soleil entrait dans la maison par les fenêtres de l'est et la porte était ouverte. Entre les troncs des peupliers, les parcelles de terre brillaient d'être aussi blanches avec parfois de petits reflets bleus.

Augustin, dehors, torse nu, les pieds dans l'herbe, les bretelles tombant sur son pantalon, se pencha encore une fois sur le seau d'eau, pour s'asperger et se rincer les cheveux et le dos.

- Si les gamins ont vu au Mont Saint-Michel ce que je crois, il va falloir le surveiller de près notre homme ! Un trafic de gibier ! Là, sous nos yeux. Il ferait beau qu'on se laisse faire.

Il grommelait tout bas en se frottant vigoureusement les bras et la poitrine, puis sans prendre le temps de s'essuyer, il entra dans la maison.

- Alors les femmes ! Puis-je m'habiller moi aussi ?

Marie chantonnait dans leur chambre, tout en se préparant pour la messe avec sa fille. Il s'approcha d'elle et la prit dans ses bras en caressant sa joue avec sa moustache. Elle riait et se laissait embrasser dans le cou, des gouttes d'eau tombaient de ses cheveux sur sa jupe.

- Tu es tout mouillé ! Veux-tu bien me laisser ! À quoi vais-je ressembler pour aller à l'église, maintenant ?

Elle le repoussa pour se recoiffer, ses yeux démentaient ses paroles.

- À la plus jolie comme d'habitude ! Bon, cette chemise, tu me la donnes ?

Marie ouvrit l'armoire et lui présenta son vêtement.

- Tiens ! Va t'habiller plus loin, avec toi dans mes jambes, je ne serai jamais prête…

Elisabeth s'amusait de les voir se taquiner, quand subitement, elle remarqua une tâche, rouge violacée en forme d'étoile, sur le torse d'Augustin.

- Parrain ! Sous ta poitrine, tu as vu ? Tu t'es fait mal ?

- Ah non ! Ça, c'est ma marque de fabrique ! Puis, gouailleur, il ajouta avant d'enfiler sa chemise, je suis né avec et j'y tiens.

La petite fille allait dire quelque chose mais Marie sortit de la chambre. Elle avait mit sa catiole* et son caraco brodé.

- Tu viens Elisabeth ? C'est l'heure maintenant.

En passant devant Augustin, elle le regarda d'un air entendu, il ne fallait pas s'étendre sur le sujet. Il répondit par un signe de tête.

- Bon, et bien à tout à l'heure… Je vous retrouverai après la messe chez Laurette.

Joséphine et les garçons les attendaient près de la maison à la gargouille pour monter ensemble au bourg. Les cloches sonnaient et, par famille ou par petits groupes, les gens se dirigeaient vers l'église.

- Louis ne vient pas à la messe ce matin ? s'informa Marie.

- Non ! Il échafaude des plans avec Augustin. Tu sais c'est au sujet des braconnages, ils pensent à un trafic de gibier et veulent arrêter ça.

- Augustin m'en a parlé. Antoine et Alexis auraient vu le fils Brilloux au Mont Saint-Michel ? Lui et son père sont vraiment malins ! Ils n'ont jamais eu de chance avec eux.

- Tu peux le dire et Louis en fait une affaire d'honneur maintenant.

Elisabeth se rapprocha des garçons.

- C'était ça le truc bizarre dont tu parlais Alexis ?

* réduction de bonnet amidonné, attaché au sommet de la tête.

- Oui. On a vu le fils Brilloux donner une musette bien garnie, et quelqu'un lui remettre une enveloppe.
- C'était de l'argent ?
- On ne sait pas... Mon père nous a demandé de le prévenir si on le revoyait dans les polders.

À la sortie de la messe, Marie, Elisabeth et Joséphine entrèrent chez Laurette où Augustin et Louis buvaient un mic. Ils leur firent un signe de reconnaissance.

La digue, où leur homme s'était évaporé, avait été explorée sans succès. L'énigme restait complète et les braconnages continuaient. Ils en étaient certains.

- Tiens ! J'avais deux gîtes dans l'angle de Teisserenc de Bort et de Prétavoine, constata Louis. Des jeunes lièvres, je les surveillais, tu penses ! Ils allaient être bons pour septembre et je comptais bien emmener les Guérard de Noyeuil par-là. Hé bien, disparus !
- Si ça continue, on va être beau pour l'ouverture de la chasse.

Marie et Joséphine commandaient du sucre de l'huile, du café et d'autres denrées indispensables. Elisabeth se dirigea vers les tissus.

- Elle sait ce qu'elle veut, dit sa mère à Joséphine, en lui montrant la petite fille. Elle m'a demandé de lui faire un costume de bain... Elle désire apprendre à nager.

Joséphine aimait beaucoup Elisabeth. Puisque l'enfant avait le même âge que les garçons, ce devait être normal de vouloir faire pareil. Dans sa jeunesse à elle, bien sûr on n'aurait pas envisagé une telle situation mais tout avait tellement changé depuis la guerre. Les deux femmes s'approchèrent.

- Regarde maman ! Le bleu, là-haut sur l'étagère, il irait, tu crois ?

Laurette arrivait.

- Il vous en faudrait combien ? C'est pourquoi faire ?

- Un costume de bain, répondit Marie, tenant à prendre fait et cause pour sa fille. C'est pour Elisabeth.

La curiosité de Laurette fut tout de suite en éveil

- La petite va partir aux bains de mer ?
- Oui, c'est ça.
- Dans la famille sans doute ?
- Oui ! Le tissu est en combien de large ?
- C'est du cent trente ?
- Alors, quatre-vingt dix centimètres me suffiront. Avez-vous du liseré blanc ?
- Bien sûr ! Avec ce métrage, vous pourrez même lui confectionner un joli bonnet.

Dans la douceur de cette fin de matinée de dimanche, hommes, femmes et enfants descendirent le Palais, pour faire le chemin de retour vers les "4 Salines". Elisabeth était aux anges et après avoir dit un gros merci à sa mère, elle avait ajouté :

- Je ne veux pas de bonnet, c'est démodé !

Il restait un mois entier de vacances et l'été flambait sous le soleil. La chaleur s'était installée, elle pensait à toutes les baignades qu'elle pourrait faire.

Quelques jours plus tard, avec un peu de peur et d'appréhension, elle entra pour la première fois dans la criche.

Elle se sentait gauche dans ce costume de bain neuf, dénudant ses bras et ses jambes, mais ne le montra pas. C'était nouveau aussi d'avoir de l'eau jusqu'à la poitrine, pourtant c'est en souriant qu'elle demanda comment il fallait faire pour apprendre à nager.

- Remue tes bras et tes jambes, tu vas voir, l'eau te porte.

Les garçons avaient trouvé de vieux pantalons. Maintenant, Elisabeth faisait partie de leur petite bande et ils étaient contents de lui montrer ce qu'ils savaient faire.

- Regarde ! Je mets la tête sous l'eau, comptes combien de temps je reste sans respirer.

Après quelques séances, Elisabeth se sentit à l'aise, comme ses compagnons. Elle n'hésitait pas à s'enfoncer dans l'eau jusqu'au menton et même davantage, pour faire comme eux, ou bien à lâcher le sol et se laisser flotter quelques secondes.

Elle en oubliait la nouveauté du costume de bain, fait comme elle l'avait demandé, d'un caraco sans manche avec un col marin, gansé de blanc. Le petit pantalon bouffant descendait jusqu'au genou, retenu par un nœud en liseré blanc, ajouté par Marie.

Ses bras et ses jambes brunissaient au soleil et ses cheveux blonds, devenaient de plus en plus blancs. Son petit nez se piquait de tâches de rousseur et ses yeux étaient si bleus, qu'on ne voyait plus qu'eux dans son visage.

- Tu ressembles à une vraie coureuse de grève, lui disait sa mère. On dirait une pêcheuse de coques !

Elisabeth riait. Elle n'avait jamais été aussi heureuse et même si la mode était encore au teint pâle, elle s'en moquait. D'ailleurs dans la maison, elle n'avait pas souvent l'occasion de se contempler dans un miroir.

Les gamins passaient beaucoup de temps dans la grève, sans pour autant oublier leur "mission". Ils partaient alors, à vélo, à la recherche d'indices, pouvant aider Louis et Augustin à confondre les voleurs de gibiers.

- Rentrons par Cotterets, nous longerons la digue ! Il faut trouver comment le bonhomme a pu disparaître, l'autre nuit.

Il ne leur fallut pas longtemps pour aller à l'angle de Treissenc de Bort dont Louis avait parlé. Ils descendirent sur la risberme. Il y avait bien un gîte mais vide… Antoine réfléchissait :

- Le braconnier s'est éclipsé à cet endroit. Forcément, il s'est caché pas très loin d'ici.

En contrebas, masquant sa sécheresse, les roseaux envahissaient le bief. Elisabeth découvrit qu'il était à sec.

- Nous devrions descendre, il doit y avoir de bonnes cachettes par-là.

- De la vase aussi, sûrement. On va aller voir mais enlevons d'abord nos chaussures.

Le bief, encore plus aride qu'il ne le paraissait, n'avait enregistré aucune marque de pas. Ils avancèrent dans les tiges plus hautes qu'eux. Antoine ouvrait le chemin en écartant les roseaux, Elisabeth et Victor suivaient, écrasant les jeunes pousses et laissant dans la poussière de la tangue, une trace évidente de leur passage.

- Personne n'est passé là, dit Victor. Ça se verrait.

- Retournons sur nos pas et allons voir dans l'autre sens.

Ils dépassèrent le gîte et soudain… Un espace plus dense attira leurs regards et plus loin, la présence d'une espèce de cabane basse. On y entrait en rampant, le sol était recouvert de tiges sèches, quelqu'un y avait séjourné plusieurs heures.

Un tel abri n'était utilisable qu'en été, entre les périodes de pluies et d'orages. Dans tous les cas, on procédait l'hiver au faucardement des fossés. C'est à dire qu'ils étaient nettoyés et débarrassés de leurs roseaux. À la saison pluvieuse, remplissant leur office de drainage, ils étaient plein d'eau.

- Hé bien, voilà ! Nous avons trouvé ! De la digue, on ne voit rien. Pratiquement pas d'empreinte autour, il sort directement dans le champ, ni vu ni connu.

- Il faut prévenir Parrain et Louis, dit Elisabeth.

Ils prirent leurs vélos et trouvèrent facilement les gardes-chasse.

- Ne parlez pas tous en même temps ! Bon sang ! Qu'est ce que vous dites ? Une cabane dans les roseaux ! Allons voir ça tout de suite.

Pendant quelques minutes, ils ne retrouvèrent pas l'endroit, tellement la cachette était belle. Surpris, Louis et Augustin regardèrent l'abri.

- On est passé cinquante fois à côté, on ne l'a pas vu…
- Crédieu ! jura Augustin, ça n'est pas la saison mais demain je fais faucarder le fossé. Il va être surpris notre homme quand il va revenir, il ne reconnaîtra pas le paysage, je vous le dis.

5

Si les braconniers donnaient toujours du fil à retordre aux gardes-chasse, la vie s'écoulait néanmoins paisible dans le hameau des "4 Salines" et les jours se suivaient au rythme des saisons et des grandes marées.

À la rentrée scolaire de septembre, Elisabeth avait retrouvé avec plaisir ses livres, le chemin de l'école et ses amies sur les bancs de sa classe. Mais cette année n'était pas ordinaire. Ce serait pour elle, Antoine et Victor, celle du certificat d'études. Aujourd'hui, cet examen ne tracassait pas encore Antoine, son souci était plutôt de ne pas manquer l'ouverture de la chasse.

- On s'amuse trop bien, expliquait-il à Elisabeth. Alexis aussi viendra, il a demandé un congé.

- Tu vas manquer l'école ?

- Une journée... Tant pis, je rattraperai.

- N'oublie pas ! C'est le certificat cette année.

- Je sais, mais en plus on gagne un peu d'argent.

Les Guérard de Noyeuil se faisaient un plaisir de venir sur leurs terres pour cet événement et "embauchaient" les fils de leur garde-chasse, Antoine et Alexis, pour porter les pièces qu'ils avaient tirées.

- J'espère qu'Olivier sera là avec son automobile de course, tu verrais ça, elle est magnifique, jaune avec des marche-pieds noirs, des roues à rayons et un capot plus long que mon vélo. Parfois, il nous laisse mettre le gibier dedans, c'est lourd, tu sais deux lièvres à bout de bras.

Malgré les braconniers qui continuaient de défier la vigilance des gardes-chasse, l'ouverture s'annonçait dans les conditions habituelles. Le père Brilloux avait bien été aperçu une ou deux fois dans les polders, alors qu'il n'avait rien à y faire, mais ni Louis, ni Augustin n'avaient réussi à le prendre en flagrant délit.

À vrai dire, le gibier ne manquait pas sur ces propriétés privées. Les gardes favorisaient leur prolifération en détruisant les nuisibles, renards, putois et belettes. Ils recevaient, en contrepartie, une prime par patte ou queue qu'ils pouvaient produire.

À Pontorson, l'hôtel Montgomery, entièrement réservé pour la période de l'ouverture de la chasse par les comtes et les vicomtes Guérard de Noyeuil, affichait complet. Les chasseurs étaient arrivés en grand apparat depuis la Mayenne où ils résidaient, certains par le train, d'autres en automobile.

Quelques dames avaient également fait le voyage sous le prétexte d'aller visiter le Mont Saint-Michel. Peut-être suivraient-elles leur mari une journée, dans l'espoir de pouvoir montrer leurs talents. Elles aussi savaient tirer.

Alexis avait laissé ses moutons pour venir dormir chez ses parents. Lui et Antoine s'étaient levés de bonne heure et prenaient le déjeuner en compagnie de leur père :

- Quelle ferme est chargée de préparer le repas cette année ? demanda Antoine.

- Teisserenc de Bort, comme l'année dernière. Ils ont la meilleure cuisinière, alors…

Il se tourna vers son frère et lui fit un clin d'œil :

- On s'arrangera comme d'habitude.

Si le garde-chasse était invité dans la grande salle à manger de la ferme, avec tous ces messieurs trouvant plaisant de venir au cœur même du terroir, les enfants ne faisaient pas officiellement partie de la fête.

Louis regardait ses garçons. Alexis avait grandi depuis son séjour à Villebrune, ses épaules étaient plus larges et quelques poils follets recouvraient son menton.

- Il est en train de devenir un homme, constata-t-il.

Antoine aura douze ans dans quelques semaines et son père se posa la question du certificat… Ce serait le premier de la famille à obtenir ce diplôme. Ni lui, ni Joséphine n'avait eu cette possibilité. Il regrettait un peu maintenant, de ne pas avoir laissé Alexis plus longtemps à l'école, même si celui-ci avait l'air très heureux de son sort.

Soudain, un bruit de klaxon stoppa ses pensées. Les automobiles arrivaient.

- On y va, dit Louis.

Ils prirent leurs vélos et précédèrent le cortège jusqu'aux Cotterets, d'où ils devaient partir à pied à travers champs.

De bonne heure le matin, Augustin avait rejoint les administrateurs de la Compagnie des Polders du côté de Saint-Louis. C'était un dimanche et pendant une petite semaine, on entendrait de nombreux coups de feu dans les polders. Joséphine et Marie ne verraient pas beaucoup leurs hommes pendant ces quelques jours.

Les chasseurs avançaient en groupe. En tête, le père Guillaume de Noyeuil, ses frères et ses fils, Henri et Charles, ses neveux, ses petits-fils et Olivier dont la voiture de course n'était jamais très loin. Louis les guidait. Pas plus tard qu'il y a deux jours, en allant voir un fermier sur le polder Mosselman, il avait vérifié la présence de plusieurs compagnies de perdrix qui s'étaient manifestées sur son passage.

- Il y en aura pour tout le monde, songea-t-il.

Sentant l'approche du danger, les oiseaux venaient de s'envoler. Immédiatement, les fusils se levèrent et les coups de feu partirent. Alexis et Antoine avaient l'œil, ils suivaient chaque volatile jusqu'à son point de chute.

- Je l'ai eue ! Alexis, elle est tombée au pied du troisième peuplier sur la digue ! Va la chercher, je te prie, demanda Henri de Noyeuil.

Les chiens couraient dans tous les sens, affolés par les quantités d'odeurs de gibier qu'ils décelaient. Ils suivaient une piste et puis une autre et n'avaient pas toujours le temps ou l'attention suffisante, pour obéir aux ordres des maîtres.

Alexis courut chercher la perdrix. Charles, voyant son chien se diriger vers la risberme, crut pendant un instant qu'il allait lui rapporter la sienne. Mais non ! Celui-ci venait de croiser une autre piste… Plusieurs lapins étaient passés par-là. Hum ! Le nez au sol, il suivit leurs traces et remonta sur la digue sans s'occuper davantage du volatile.

- Antoine ! Va voir, il y a une perdrix sur la risberme !

Les garçons savaient parfaitement à quel endroit les oiseaux avaient touché le sol. Ils avaient aussi de bonnes raisons pour attendre leur annonce et laisser croire à ces messieurs que leur coup d'œil était infaillible. L'oncle Guérard n'était plus tout jeune et craignait toujours de ne plus y voir assez clair pour participer à la chasse. Afin de pallier cette déficience, il avait la gâchette facile et tirait systématiquement deux coups. Par on ne sait quel hasard, il touchait souvent ses proies qui arrivaient au sol, truffées de plomb et de ce fait n'étaient plus consommables. Alors généreusement, il les offrait.

- Tiens, Alexis, tu la donneras à ta mère, elle pourra la faire cuire pour ce soir.

- Merci monsieur.

Il répondait poliment mais n'en pensait pas moins. “Si vous croyez qu'elle va perdre son temps à cuisiner cette bestiole farcie de plomb, vous vous trompez. Nous ne mangeons pas n'importe quoi !"

La chasse continuait. Charles venait de tuer un lièvre. Ils allaient passer sur Dailly, quand un envol de perdrix partit des grandes herbes. À nouveau les fusils se levèrent, trois tombèrent tout de suite. Antoine avait bien suivi les tirs, une quatrième était touchée, il en était certain mais elle volait toujours. Il ne la quittait pas des yeux.

Les chasseurs, après avoir demandé qu'on ramasse leur butin, reprenaient leur marche, le canon pointé vers le sol. À bout de souffle, la quatrième perdrix venait d'arrêter son vol et sans attirer l'attention, chutait comme une pierre.

- Tu l'as vue ? s'assura Antoine discrètement près d'Alexis.

- Oui, juste dans l'alignement de la ferme et du peuplier isolé, nous viendrons la chercher ce soir et celle-là, au moins, nous pourrons la manger. Ce n'est pas comme celle donnée par l'oncle Guérard tout à l'heure. Même un chien n'en voudrait pas.

- Olivier m'en a octroyé une dans le même état ce matin. ils ont dû la tirer à plusieurs...

- Nous irons jusqu'à Camus, annonça Louis, puis nous reviendrons par Villebrune. Ensuite, il sera l'heure de rejoindre Teisserenc pour le repas.

Ces messieurs se félicitaient et se congratulaient pour les prises de ces premières heures. Le butin n'était pas négligeable.

- J'étais sûr d'avoir touché une perdrix tout à l'heure... Pourtant elle n'est pas tombée. Faut croire que ma vue baisse mon pauvre Guillaume, se lamentait l'oncle Guérard. Quand j'y pense, on m'appelait "Œil de lynx" à vingt ans.

Alexis et Antoine, complices, riaient sous cape... On les prenait pour des garçons de la campagne pas très dégourdis. Pourquoi essayeraient-ils de prouver le contraire ? Ce territoire, ils le connaissaient parfaitement, ainsi que les habitudes du gibier. Leur père leur avait tout appris dès leur plus jeune âge en les emmenant avec lui. N'avaient-ils pas droit, eux aussi, de se régaler ?

Après avoir repris son automobile, Olivier essayait de monter et de descendre les digues, sans ralentir et avec une certaine dextérité.

- Regarde-le Antoine ! Cette fois-ci, il va faire un tonneau...

- Il passe trop près du talus. Oh la la !

La voiture se levait dangereusement, roulait un instant sur deux roues. Les garçons guettaient le moment où elle allait se retourner, mais non, elle retombait toujours sur ses quatre pneus.

Olivier, très fier d'épater la galerie, s'arrêta devant Antoine et Alexis :

- Allez ! Donnez-moi le gibier, ce sera toujours ça de moins à porter.

Et il démarra sur les chapeaux de roues dans un nuage de poussière.

- Bon sang ! J'aimerais bien avoir une voiture comme ça, se prit à rêver Antoine.

- Si seulement il nous proposait de faire un tour, ajouta Alexis, en la suivant des yeux.

Les garçons marchaient sur la digue, laissant volontairement les chasseurs les devancer. Ils ne voulaient pas arriver avant eux à la ferme. Quelques instants plus tard, ils passèrent par derrière et entrèrent directement aux cuisines où ils furent reçus avec bonne humeur. On les aimait bien.

Maria s'affairait aux fourneaux et les servantes remplissaient les plats. Odile, une brunette avec un joli petit nez retroussé, n'avait qu'un ou deux ans de plus qu'Alexis. Les boucles qui s'échappaient de son chignon sur sa nuque, fascinaient le jeune garçon. Il s'approcha d'elle avec son sourire le plus charmeur, il aurait aimé la prendre par la taille mais n'osa pas.

- Tu vas bien trouver quelque chose à manger pour moi et mon frère ?

La jeune fille travaillait depuis quelques années à Teisserenc et ne voyait pas Alexis pour la première fois. Elle n'avait pas reculé, au contraire. Rieuse, elle le regardait. Ils se touchaient presque.

- Pour vous sûrement, comme d'habitude !

Maria se retourna et reconnut les fils de Louis :

- Bonjour les garçons ! Hé bien, tu as grandi, toi ! affirma-t-elle en regardant Alexis. Te voilà bientôt un homme !

Elle essuya la bancelle d'un coup de chiffon.

- Tiens ! Asseyez-vous là. Odile, verse-leur un coup de cidre, je suis sûre qu'ils l'ont bien mérité… Ça s'est bien passé ce matin, ces messieurs sont-ils contents ?

- Oui, je crois. Ils vont sûrement vous remettre des perdrix et des lièvres à préparer pour demain.

Maria ouvrit la porte du four et en sortit des poulets rôtis, dont le parfum vous met l'eau à la bouche. Elle en coupa de belles parts et demanda à Odile de les donner aux garçons. Ceux-ci avaient faim et ne se firent pas prier.

Ah oui ! Vraiment la vie était belle… Ils se sentaient pris en considération, comme des personnages aussi importants que ceux de la salle à manger d'à côté. La petite brunette leur tournait autour, veillant à ce qu'ils ne manquent de rien.

- Voulez-vous encore un peu de sauce ? Avez-vous assez de pain ?

- Ça va ! répondait Alexis en la regardant. Il aurait aimé embrasser la naissance de son cou, là où les petites boucles folâtraient.

Puis le service s'accéléra et les deux frères restèrent seuls. Alexis en profita pour se confier :

- J'ai eu une proposition, mais je n'ai pas encore osé en parler au père.

- Quoi ? demanda Antoine.

- Tu sais, Auguste Roussel, le menuisier ! Il m'a demandé de venir travailler avec lui. J'ai pu laisser les moutons et j'ai passé une demi-journée dans son atelier.

- C'était bien ?

- Ah oui ! Rien à voir avec le métier de berger… Là on fait vraiment quelque chose ! Il m'a demandé de poncer une porte de buffet et puis il l'a mise en place. Comment te dire, c'était... C'est beau le bois, Antoine ! C'est vivant quand on le touche.

- Il t'a donné une date d'embauche ?

- Au printemps ! Son ouvrier va partir au service militaire. Il m'a dit de revenir le voir quand je voulais.

- Penses-tu que le père serait contre ?

- Non, je ne crois pas. Seulement les Coueffet devront trouver quelqu'un d'autre. Eux et lui se connaissent depuis si longtemps. Ils sont en confiance, tu comprends.

- Oui, bien sûr… Tu sais, ils n'auront pas de peine à retrouver un pâtour.

- C'est vrai… Tandis qu'une place de menuisier…

- On choisira le bon moment pour lui en parler. De toute façon, cet été je peux te remplacer sur les herbus. Je vais passer le certificat, l'école sera finie pour moi.

Les servantes revenaient. Elles se servirent et s'installèrent à la table. Il y avait un moment de répit.

- Ils n'ont pas changé ! s'exclama Maria. Olivier taquine toujours les filles en leur tapant sur les fesses ou en dénouant leur tablier et ça le fait rire… Ces demoiselles n'ont même pas l'air de trouver cela désagréable ! Quant à l'oncle Guérard, il a déjà renversé de la sauce sur sa cravate, comme à chaque fois ! Elle fit un signe à Odile :

- Va donc chercher un morceau de tarte pour ces garçons !

Les cuisinières terminaient leur repas. Comblés, Alexis et Antoine savouraient l'instant.

- Germaine était à Pontorson la semaine dernière, reprit Maria. Voici ce qu'elle m'a raconté : en passant devant le restaurant "Le Bretagne", elle a vu le fils Brilloux donner deux lièvres à la patronne. Celle-ci les regardait, les soupesait, puis elle a ouvert son tiroir-caisse. La Germaine ne pouvait pas s'attarder, elle n'a pas vu le reste. Bien sûr, il se faisait payer. Je me suis dit que ton père serait content d'apprendre ça.

- Vous avez raison ! Il espère lui mettre la main dessus depuis si longtemps. Nous le lui dirons. Ah ! Il n'est pas facile à attraper le bonhomme.

Comme les chasseurs aimaient prendre leur temps, ils restèrent encore un moment dans la cuisine. Alexis suivait Odile des yeux en rêvant. S'il avait eu quelques années de plus, il lui aurait demandé de venir avec lui le dimanche suivant, à la fête de Pleines-Fougères, et il était prêt à parier qu'elle n'aurait pas dit non. Mais il se sentait encore si désarmé devant les filles, qu'il ne dit rien.

Après la messe, Marie et sa fille prirent la route parallèle à la vieille digue. Alix avait dit à Marie :

- Puisque ton mari est à la chasse, viens à la Saline dimanche ! Nous mangerons ensemble.

Elisabeth avait grandi et devenait une adolescente dont les formes commençaient discrètement à se dessiner. Elle avait toujours du plaisir à rendre visite à sa marraine. Alix n'avait pas son pareil pour rendre un repas agréable et convivial.

Avec tous ses bâtiments, la ferme paraissait bien grande à côté de la maison sur la digue. Léon retrouvait le caractère joyeux et entreprenant qui séduisait tant Alix avant la guerre. Il lui arrivait même, pendant quelques instants, d'oublier la présence de sa jambe de bois. Ils discutèrent amicalement et Marie demanda à Victor si l'examen du certificat ne l'effrayait pas un peu.

- Si, bien sûr. Mais toi, tu l'as eu sans difficulté et maman aussi.

Alix répondit :

- J'ai eu de la chance, la semaine précédente nous avions justement révisé les questions d'histoire et de géographie qui nous ont été posées.

- C'est ce qui me fait le plus peur, impossible de retenir les dates en histoire.

- Tu as encore presque une année devant toi. Tu y arriveras, affirma Marie.

- Et toi Elisabeth, es-tu toujours décidée à devenir institutrice ?

Elle répondit avec son petit ton calme

- Je n'ai pas changé, marraine. Après le certificat, j'ai bien l'intention de continuer pour obtenir mon brevet.

Léon se leva :

- Je vais à l'étable. C'est dimanche, les vachers ne sont pas là cet après-midi et je veux m'assurer que tout va bien. La "Noireaude" est prête à faire son veau.

- Nous venons avec toi, décidèrent Elisabeth et Victor en le suivant.

Restées seules, les jeunes femmes reprirent leur conversation.

- Que feras-tu pour Elisabeth ? Tu la mettras à Dol chez les sœurs ?

- Nous y avons déjà pensé. Si elle a son certificat, bien sûr.

- Cela ne vous posera pas de problèmes ?

- Le père Bouvier me donne toujours le fermage pour les champs de Sainte-Anne. L'argent me servira à payer la pension.

- C'est vrai, j'avais oublié.

- Je serai très heureuse de lui donner cette possibilité. Moi, j'ai dû rentrer à la maison, après quelques mois au pensionnat de Saint-Malo, tu t'en souviens ?

- Oui, pour soigner ta mère.

Alix laissa passer un silence :

- Avez-vous parlé à Elisabeth ?

- Que veux-tu dire ?

- Tu le sais bien...

- Non, ce n'est pas facile. Comprendrait-elle ?

Elle réfléchit un instant...

- Nous le lui dirons bientôt... Et Victor, ira-t-il aussi au collège ?

- Il ne sait pas encore très bien ce qu'il veut. Il restera sans doute sur la ferme. Son père se fatigue vite malgré tout. De toute façon, quelques années d'études ne lui feront pas de mal. La gestion d'une exploitation, ce n'est pas si simple à l'heure actuelle.

- Est-il attiré par le métier de fermier ?

- Oui, je crois. Il se passionne pour l'élevage des moutons.

Dans l'étable, la vache était bien calme.

- Elle ne sera pas prête à vêler avant ce soir, le vacher sera rentré, constata Léon.

Voyant les enfants fureter partout, il proposa à Elisabeth :

- Veux-tu voir la bergerie ?

- Vous avez des agneaux ?

- Ah non ! Les derniers sont nés à Pâques, ils sont grands maintenant et d'ailleurs nous les avons presque tous vendus pour les restaurants du Mont et de Pontorson.

Dans la bergerie, Elisabeth fut surprise de trouver des cases, ressemblant à des lits clos sur pilotis.

- Léon, qu'est ce que c'est ?

- Ce sont des logements pour les bergers. Ils servent surtout pendant la période de l'agnelage. À cette époque, les bergers passent souvent la nuit avec les moutons pour surveiller les mères et les petits.

Elle voulut aller les visiter et fut étonnée du confort offert par ces cellules. Fermées par un rideau, elles contenaient paillasse et couvertures, suffisamment éloignées du sol pour que l'occupant ne soit pas gêné par la présence des brebis. On devait y dormir en paix. Victor s'allongea sur la couche en disant :

- Une fois, j'ai passé une nuit avec les bergers et j'ai vu naître plusieurs agneaux.

Elisabeth vint près de lui, ils rirent en se cachant, puis soulevèrent le rideau et sortirent dans la cour, abandonnant Léon, pour commencer une poursuite entre les machines et les charrettes.

Raymond Brilloux n'avait jamais envisagé son état comme de la pauvreté. Il vivait sur une petite terre à l'entrée du bourg de Roz où il élevait, avec sa femme et son fils, une vache, un cochon et quelques volailles.

Braconner était devenu sa passion, beaucoup plus qu'un passe-temps, c'était sa vraie raison de vivre Il ne pouvait plus s'en passer.

Son fils, Jérôme, connaissait des restaurateurs, amateurs de sauvagine. Certes, les transactions qu'ils faisaient n'étaient pas négligeables, mais ce n'était pas les quelques revenus supplémentaires que procurait la vente du gibier qui le motivaient. Non… Son plaisir était d'être à l'affût, de poser ses pièges aux bons endroits, de descendre dans les polders avec son fusil à la barbe des gardes-chasse et d'être plus malin qu'eux.

Il s'était beaucoup amusé à les voir le chercher sur la digue alors qu'il disparaissait dans les roseaux. Le temps que les deux compères s'interrogent, il était rapidement revenu sur ses pas pour récupérer son lièvre et Jérôme l'avait vendu le lendemain à Pontorson. Un bon lièvre, ma foi, d'au moins six livres.

Mais les gamins s'en étaient mêlés, et ils savaient se servir de leurs yeux, ces sacrés gosses. N'avaient-ils pas trouvé sa cachette ? Ils en parlaient l'autre jour en passant à bicyclette, alors qu'il se dissimulait derrière une haie d'épines.

Le jeu devenait difficile... Aucune importance, il serait plus passionnant ! Il détenait dans son sac d'autres tours qui pourraient bien les surprendre !

Aujourd'hui, son souci lui venait de son fils. À trente ans passés, il ne manifestait aucun désir de se marier ou de quitter la maison pour aller vivre sa vie. Dans son enfance, régulièrement malade et plus chétif que la plupart des enfants, sa mère, au lieu de l'envoyer jouer avec les autres garçons, préférait le garder près d'elle, de peur de le voir attraper quelque chose de plus grave. De solitaire et renfermé, il devenait irritable, souvent pour des bêtises. Si lui ou sa mère le contrariait, il prenait des colères qui les laissaient sans voix.

Raymond l'avait surpris à regarder les filles par en dessous. Ça devait le travailler, c'est sûr, mais il n'osait pas aller vers elles. Pourtant, il était bien fait de sa personne. Quelque chose en lui rebutait les femmes, elles fuyaient comme si elles en avaient peur.

Son père avait essayé de plaisanter sur le sujet, comme on le fait avec un fils, histoire de donner moins d'importance à la chose :

- Tu as vu la Louisette ! Elle non plus n'est pas mariée, je suis sûr que si tu voulais...

Il n'était pas près de recommencer, Jérôme s'était approché de lui et l'avait regardé avec des yeux exorbités :

- Ne me parles pas de ça !

Pour un peu, il aurait levé la main sur lui. C'était un mal qui le rongeait, une fêlure.

Jérôme était malheureux. Raymond le voyait bien et il craignait de lui voir faire des bêtises. Sous prétexte d'aller vendre le gibier, il allait de plus en plus souvent à Pontorson. Parfois même, il rentrait tard dans la nuit et il ne rapportait pas toujours l'argent. Raymond s'en était bien rendu compte. Impossible toutefois de lui poser des questions, il ne répondait pas ou bien se mettait en colère et cassait tout ce qui se trouvait à portée de sa main.

Sa mère s'inquiétait, elle aussi, mais habituée au silence, elle ne parlait pas. Elle regardait son mari avec ses yeux tristes et cela faisait mal à Raymond. Il en était venu à souhaiter le départ de Jérôme. Il évitait maintenant de se retrouver avec lui et ne l'emmenait plus dans les polders, comme il y a quelques années. Il se contentait de déposer lièvres et perdrix sur la table. L'autre les prenait prestement et les mettait dans sa musette, puis disparaissait pour la journée. Il leur arrivait de passer une semaine sans se parler et encore, ce n'était jamais des dialogues. Son père demandait si les dernières prises s'étaient bien vendues ou s'il avait soigné le cochon. Jérôme répondait ou plutôt grognait une réponse, tenant dans un monosyllabe.

L'automne éclata dans une symphonie de couleurs. Les feuilles des peupliers et des saules virèrent au jaune et dans la côte de Roz, celles des châtaigniers passèrent du jaune foncé au brun. Une à une, elles tombèrent, dans les tourbillons du vent du Nord, composant des tapis multicolores où se mélangeaient encore les bogues des châtaignes oubliées. Le soleil se fit plus rare, de gros nuages roulèrent dans le ciel. La grisaille et les brumes remplacèrent les belles journées de la fin de l'été. À la suite de plusieurs tentatives, l'hiver s'installa pour de bon, ramenant les veillées et la douce fête de Noël.

Après avoir cessé pendant un certain temps, les braconnages reprirent en janvier. Louis et Augustin, fusil sur l'épaule, partirent de plus en plus souvent, ensemble ou chacun sur son territoire, repérant les traces, les nids et les caches.

Jamais, ils n'avaient aussi bien connu le nombre de lapins, de lièvres, de perdrix, de cailles ou de râles vivant dans les polders. Ils ne passaient pas une journée sans découvrir qu'un gîte ou un terrier était devenu vide. Mais ils n'apercevaient pas la moindre silhouette de braconnier ressemblant au père Brilloux. Ils en étaient à se demander si celui-ci n'avait pas acquis le don d'invisibilité. C'était pourtant lui qu'il fallait surprendre en flagrant délit, cet homme insaisissable, imbattable pour la pose des collets et sachant faire chaque jour de bonnes prises.

Les braconniers du dimanche ne les intéressaient plus, enfin pour le moment, et si par hasard ils rencontraient le père Malgoire ou Gilbert Fauvel, ils faisaient semblant de ne pas les voir, n'ayant aucune envie de perdre du temps à les verbaliser.

Dans la maison sur la digue, à l'abri de ses murs épais, Elisabeth se préparait pour l'examen de fin d'année. Elle ne voulait pas le manquer et se voyait déjà à Dol. Elle ouvrait ses livres au moindre prétexte, et ne put s'empêcher, ce soir-là, de demander à Antoine, venu passer la veillée avec sa famille :

- Si on revoyait les dates d'histoire ensemble ?

- Oh ! Tu sais… Oui, enfin si tu veux.

- Tu commences ? 1515 ?

- La bataille de Marignan !

- Ça c'est facile ! Une autre : 800 ?

Antoine cherchait. Marie vint vers eux et prit le livre.

- Le sacre de Charlemagne ! clama Elisabeth.

- Oui, mais là tu triches… Bon ! Je vais vous interroger, vous serez obligés de répondre tous les deux.

- Baptême de Clovis ?

- 496, claironna Elisabeth.

- Je ne l'ai pas appris, protesta Antoine. Je ne suis pas chez les sœurs, moi.

- Une autre ! La révolution ?

- 1789 ! répondirent-ils tous les deux en cœur.

Joséphine et Louis n'avaient pas eu leur certificat. Admiratifs, ils écoutaient les enfants.

Augustin préparait des clisses* pour faire un panier. Il se prit au jeu et intervint à son tour.

- J'en sais une ! Vous n'allez pas la trouver : défaite de Waterloo ?

Les enfants réfléchissaient, même Elisabeth ne se rappelait pas. Augustin riait, content de lui.

- Je ne me souviens pas de l'avoir apprise, réfléchissait Antoine.

- Vous devriez la connaître. Allez ! Elle est facile à retenir : 1815.

- Où est mort l'empereur Napoléon ? enchaîna Marie.

- À Sainte-Hélène, annoncèrent les enfants en souriant.

- En quelle année ? continua-t-elle en regardant Augustin d'un air provocateur.

- Alors là, tu m'en demandes trop.

- 1821 ! Un petit peu plus d'un siècle.

- Bon ça va ! Tu as été en pension à Saint-Malo, on le sait, grogna-t-il.

En réalité, il n'était pas fâché du tout et même très fier qu'elle en sache plus que lui

Ils continuèrent ce petit jeu en s'amusant, puis l'attention retomba. Elisabeth ouvrit un autre livre. Marie mit des châtaignes à griller dans la cheminée et Antoine s'intéressa davantage au panier, en cours de fabrication dans les mains d'Augustin. Voyant le garçon attentif, il lui expliqua :

- J'ai fait un premier cerceau, il servira aussi d'anse. J'en prends ensuite un deuxième, plus grand et ovale. Tu vois, je les attache en leurs centres, de chaque côté, à l'endroit où les cercles forment une croix, le plus petit dans le plus grand. D'abord avec une pointe… et puis, je passe des lamelles pour faire

* fines lamelles de châtaigner.

une sorte de ligature carrée et tressée. Elle maintiendra mes deux cerceaux. C'est le plus difficile à réussir… Le bout de clisse qui reste, j'en entoure l'anse… Tu peux reconnaître le fabricant du panier à cette sorte d'écusson de chaque côté. Nous avons tous une façon différente de faire… Maintenant, je mets en place d'autres demi-cercles ovales pour faire l'ossature du panier et je les fixe en les encastrant dans mes fameux écussons.

- Et après ?

- Après, c'est plus facile, le panier se tient. Il faut surtout de la patience… C'est presque du tissage.

Jérôme Brilloux venait régulièrement s'attabler au café de la poste à Pontorson. Il buvait plusieurs mics en regardant la serveuse à la dérobée et attendait. Elle ne manquerait pas de lui adresser, à lui seul croyait-il, un de ses sourires convenus dont elle avait le secret. Cela le mettait aux anges.

Il ne lui serait pas venu à l'idée de se demander si elle était belle. La féminité épanouie qu'elle dégageait le fascinait. Brune, ses cheveux, toujours impeccablement tirés et bien coiffés, faisaient ressortir l'ovale de son visage et la douceur de sa bouche. Elle avait une poitrine généreuse et se déplaçait vivement entre les tables, son chiffon et son plateau à la main. Elle accusait la quarantaine et servait dans ce bar, sur la place du marché, depuis vingt ans.

Du premier coup d'œil, elle pouvait reconnaître la démarche de celui qui poussait la porte en solitaire. Tout de suite elle savait si l'homme venait s'asseoir, à ces tables ayant vu défiler tant de monde, pour se reposer un instant avant de reprendre ses affaires, ou bien, si c'était un être mal à l'aise dans sa vie, espérant trouver du réconfort dans un ou plusieurs verres d'alcool et un peu de rêve à la regarder faire son travail en souriant.

Depuis plusieurs mois, le jeune homme venait s'installer deux ou trois fois par semaine, toujours à la même place et ne disait rien. Il la suivait des yeux. Habituée à être dévisagée, son attitude ne la dérangeait pas.

Il était un peu singulier, c'est vrai. Au moment où elle s'approchait de lui pour prendre sa commande, la sentant si proche, il répondait sans la regarder mais ne s'en privait pas dès qu'elle s'était éloignée. Il n'était pas vilain garçon, pourtant quelque chose la mettait mal à l'aise, cette attitude fuyante était lourde parfois. Toujours seul et silencieux, il ne parlait à personne.

Elle aurait pu avoir des craintes, ce n'était pas son genre. Tant d'hommes venaient s'asseoir dans ce bar, sans parler, buvaient leur verre et repartaient.

Son patron, d'ailleurs, n'était pas loin et n'hésitait pas à mettre dehors les importuns un peu trop pressants. Elle avait entendu dire qu'il vendait du gibier dans les restaurants. Un braconnier sans doute, mais elle ne connaissait pas son nom.

Ce jour-là, il arriva plus tôt qu'à l'accoutumée. Elle vint vers lui le sourire aux lèvres, comme elle savait si bien le faire :

- Bonjour ! Un mic comme d'habitude ?

- Oui madame.

Il avait osé lever les yeux sur elle, alors elle enchaîna :

- Il ne fait pas chaud aujourd'hui, mais tant qu'il ne pleut pas !

Sans baisser la tête, il répondit :

- Oui, c'est vrai.

- C'est la fête dimanche, viendrez-vous ?

- Je ne sais pas, hésita-t-il en rougissant, puis la regardant avec plus d'insistance, oui sans doute.

Elle pensa : ce garçon a sûrement besoin de se distraire, et ajouta en s'éloignant :

- On s'amuse bien à la fête… Vous verrez.

Elle était surprise qu'il lui ait répondu. Toutefois, oubliant cet échange de phrases polies, coutumier avec sa clientèle, elle se dirigea vers d'autres tables et ne pensa plus à lui.

Jérôme Brilloux voyait des étoiles. Si peu habitué au langage, il était persuadé d'avoir une invite, une proposition de la part de cette femme. Elle n'était pas comme les autres, elle ne le fuyait pas. N'avait-elle pas laissé entendre qu'elle viendrait avec lui à la fête ? Il but son mic rapidement, son cœur battait trop fort, prêt à éclater dans sa poitrine. Il avait besoin d'être seul, de réaliser ce qui lui arrivait. Il se dirigea vers la porte mais avant de sortir, il se retourna et osa un sourire en guise d'au revoir. Enfin, une femme l'avait regardé, lui avait parlé, un voile se déchirait, une chaleur se répandait dans son cœur. Dans sa tête, c'était déjà pareil à un manège. Il viendrait la chercher, ils iraient tous les deux voir les chevaux de bois, il lui prendrait le bras, il serait comme tout le monde. Puis il l'emmènerait au tir aux pigeons, ils boiraient un verre, il lui achèterait un joli châle avec des fleurs et des franges…

Jérôme marchait vers le Couesnon dans la direction de Roz. Soudain, il s'arrêta… Il lui fallait de l'argent, beaucoup d'argent, cette femme était certainement habituée à ce que l'on dépense pour elle. Il allait descendre dans les polders et tuer plein de gibier. Pour la fête, la demande serait importante. Il pourrait les vendre facilement. Son père lui refusait toujours le fusil mais cette fois, il faudrait bien qu'il le laisse faire. Il était un homme, il n'allait pas obéir toute sa vie.

Dans la maison en face du vieux moulin, Raymond Brilloux astiquait son arme sur la table de la cuisine, calmement avec méthode comme il aimait, afin de ne jamais rater son premier coup. Il vérifia la propreté du canon et d'un geste machinal, actionna la gâchette. Sans lever les yeux, il interpella son fils :

- Tu arrives bien, je voulais nettoyer la soue au cochon et lui mettre de la paille propre. Tu vas m'aider.

Raymond n'avait pas vu l'attitude déterminée de Jérôme, ni ses yeux qui lançaient des éclairs.

- Il me faut le fusil ! Tout de suite... ordonna-t-il, en s'approchant et en voulant l'arracher des mains de son père.

Toujours aussi calme, Raymond se leva.

- Non, Jérôme ! Il n'en est pas question. Tu le sais bien, affirma-t-il en le regardant.

Il prit alors conscience du comportement étrange de son fils. Il est comme fou, pensa t-il. Il n'aura certainement pas le fusil, il serait capable de faire des bêtises. Mais que lui arrive-t-il ? Quelle mouche l'a piqué ? Jusque-là, il était un peu drôle mais n'exigeait rien.

Raymond leva l'arme à bout de bras, pour la remiser dans le râtelier au-dessus de la cheminée, en utilisant le ton autoritaire, auquel jusque-là son fils avait obéi.

- Je te défends de toucher à ce fusil !

Il avait compté sans la jeunesse et la vigueur de Jérôme qui lui arracha facilement l'arme des mains et s'empara de la cartouchière pendue à un clou.

Raymond était désemparé.

- Jérôme, remets ça en place immédiatement ! Mais que fais-tu ?

Il venait d'engager une cartouche dans le canon. Saisi de panique, Raymond se jeta sur lui pour récupérer son arme. Il ne pouvait pas la laisser en possession de son fils, c'était trop dangereux. Et s'il allait blesser quelqu'un ? Il ne lui avait jamais appris à tirer…

Jérôme ne pensait qu'à une chose : aller tuer du gibier et avoir de l'argent. Personne ne pourrait l'en empêcher et certainement pas son père. Enfin, il allait vivre …

Un corps à corps s'engagea. Raymond tirait sur le fusil, Jérôme résistait.

- Laisse-moi !

- Donne-moi ce fusil !

Et le coup partit ! Touché en plein cœur, Raymond s'écroula, les yeux grands ouverts, avec une expression étonnée et incrédule. Une large fleur rouge lui brouilla la vue et sans avoir le temps de souffrir, il rendit l'âme...

Jérôme eut un moment de surprise, il avait le fusil dans les mains et son père ne lui résistait plus. C'était tout ce qu'il voulait. Pour la première fois, le vieux lui avait cédé, supposa-t-il, et il partit en courant.

La mère Brilloux, dans la pièce de terre derrière la maison, avait entendu le coup de feu. Son mari nettoyait son arme, elle lui avait donné des chiffons avant d'aller dans le jardin mais ce n'était pas son habitude de tirer pour rien. Elle se précipita vers l'habitation et vit son fils fuyant le fusil à la main. Elle pressentit tout de suite le malheur et entra dans la cuisine. Raymond gisait à terre dans une mare de sang. La main sur la bouche, elle s'approcha. "Non pas ça ! Sainte-Mère ! Il n'a pas fait ça !" Si elle craignait que quelque chose puisse arriver, jamais elle n'aurait pu imaginer être en face d'un tel drame. Avec sa sensibilité maternelle, elle avait deviné mieux que son époux, la tension montant en Jérôme et son mal de vivre.

En femme habituée à la fatalité, elle ne cria pas, ne hurla pas. Silencieuse, elle prit la tête de Raymond et la posa sur ses genoux. Il était la seule personne à lui avoir donné de l'amour et un peu de bien-être. Avec son cœur simple, elle avait aimé cet homme. Pendant plus de trente ans, il avait été tout son univers. Elle caressa son front en l'appelant doucement :

- Raymond, Raymond, qu'allons-nous devenir ?

Comme s'il pouvait encore l'entendre et apporter une solution à ce qu'elle allait devoir affronter. Et puis lentement, les larmes coulèrent sur ses joues.

Jérôme ne ressentait rien. Il marchait vers le but qu'il s'était fixé : tuer du gibier. En rêve, il voyait des hardes de lièvres, l'attendant au pied des digues et des vols de perdrix qui assombrissaient le ciel.

À son arrivée dans les polders, la réalité le réveilla. Il n'y avait rien. Enfin, rien de visible pour quelqu'un qui veut tout … tout de suite, sans regarder et sans attendre. Seul le vent soufflait dans les peupliers et poussait de gros nuages venant du Nord.

Abattu, il s'assit sur un talus, la tête entre les mains. Que s'était-il passé ? Il revoyait son père lui parler, lui interdire de prendre le fusil et puis un trou noir… Il ne se rappelait plus…

Le bruit de la détonation retentit dans sa tête et il entendit le coup de feu fatal. Comme si elle le brûlait, il lâcha son arme. L'évidence pénétrait en lui, venant de loin, semblable à une lumière qui monte. Ce coup de feu avait tué son père. Lui aussi se mit à pleurer.

L'horreur de son geste envahissait son esprit, occultant tout autre pensée, il n'en reconnaissait plus les raisons. Sa vie restait remplie de zones obscures, il n'avait rien su accomplir de digne, et maintenant…

Soudain, l'image de sa mère s'imposa à lui. Mon dieu ! Il ne fallait pas la laisser seule. Qu'allait-elle penser ? Il devait lui parler… Il ramassa son fusil et partit en courant, pour monter, le plus vite possible, la côte vers le vieux moulin.

Elle était toujours là, dans la cuisine, serrant son mari contre elle avec un geste de balancement, comme pour endormir son chagrin. Quand il entra, elle ne bougea pas, ne leva pas la tête et lui, devant la détresse muette, tomba à genoux et la prit dans ses bras.

- Maman ! Je ne l'ai pas fait exprès. Il ne voulait pas, tu comprends, il ne voulait pas me prêter le fusil, et moi j'en avais besoin.

En disant ces mots, il revit le café de la Poste et détesta la serveuse ayant suscité ses rêves insensés. Il avait honte d'avoir désiré la douceur d'une femme, ces choses-là ne seraient jamais pour lui. Elles resteraient toujours un leurre.

Il serra sa mère plus fort et sentant sa fragilité, il eut envie de la protéger. Le souvenir de son amour, à l'époque où il était un petit garçon, lui revint en mémoire, et combien lui, il l'aimait… Il ne fallait pas lui faire de mal. Dorénavant, il serait seul à veiller sur elle, son père n'allait plus être là pour imposer sa présence entre eux.

- Jérôme, mon dieu ! Qu'as-tu fait ? Ton pauvre père ! Le malheur est à jamais dans cette maison.

Elle se leva péniblement et vint s'asseoir près de la cheminée. Comme se parlant à elle-même, elle continua :

- Les gendarmes vont venir te chercher, ils t'emmèneront au bagne et moi je resterai seule.

Elle sortit un grand mouchoir de sa poche pour s'essuyer les yeux.

Jérôme n'avait pas du tout envisagé cette éventualité. Il réagit comme un fauve, bondit sur son père, l'attrapa par les épaules et commença à le traîner vers la porte.

- Je vais le cacher ! Personne ne le trouvera. Nous dirons qu'il est parti travailler à Saint-Malo. Tiens ! Qu'il a embarqué sur un chalutier ou un terre-neuvas.

- Mon pauvre petit, marmonna-t-elle dans son mouchoir, on le retrouvera et toi aussi.

- Mais non, maman ! Je n'avouerai jamais. Je n'irai pas au bagne, je veux rester avec toi. Nous serons bien tous les deux, je veillerai sur toi. Je serai l'homme de la maison.

Il ouvrit la porte et courut chercher la brouette dans la grange. La pauvre femme, le mouchoir sur sa bouche, acceptait déjà son destin. À jamais, la misère était sur elle. Elle pria sans très bien savoir à quel saint s'adresser. Elle pria pour son mari et pour son fils, en oubliant qu'elle aussi avait bien besoin de prières.

La nuit était tombée. Dans cette partie reculée du bourg, il n'y avait pas d'éclairage. Jérôme traversa rapidement la route et se dirigea vers le vieux moulin, son père caché sous des sacs, dans la brouette. Il s'éloigna dans les fourrés où personne ne venait. Il marcha sous les châtaigniers, cherchant une terre meuble et des taillis profonds, et quand il les eut trouvés, il fit disparaître son père.

Les premiers à être surpris furent les gardes-chasse. Il n'y avait plus de braconnage intensif dans les polders. Ils reprirent les travaux d'entretien délaissés ces derniers temps, mais restèrent l'esprit en éveil. Ils n'avaient pas confiance.

Ils refirent les tournées habituelles et verbalisèrent Achille Drolais, toujours aussi penaud de se faire prendre. Plus tard, avec beaucoup de satisfaction, ils mirent la main au collet des deux compères qu'ils avaient trop laissé faire.

Le père Malgoire et Gilbert Fauvel, croyant avoir un statut privilégié, ne se cachaient plus pour rapporter du gibier.

- C'est tout de même étonnant ! dit Louis à Augustin, le père Brilloux aurait abandonné la partie ?

- Il est peut-être allé braconner ailleurs…

Devant leur présence quasi permanente, Raymond Brilloux n'aurait pas eu d'autre choix que de quitter le terrain, laissant la victoire aux gardes-chasse... La pensée était séduisante… Seulement, ils n'y croyaient pas vraiment. Le bougre prenait autant de plaisir qu'eux à ce jeu, ils l'avaient bien compris.

Quelques jours plus tard, dans la cuisine chez les Rouvert, tous les trois, sous la lampe, s'activaient à leurs travaux. La soupe cuisait doucement dans la marmite. Joséphine, de retour du village, demanda à Louis :

- Connais-tu les derniers bruits qui courent?

- Non, dit-il en levant la tête, délaissant son rapport pour le comte Guillaume de Noyeuil.

- Le père Brilloux aurait embarqué sur un chalutier à Saint-Malo.

- Que racontes-tu là ? Il n'est pas marin le bonhomme. Il a même peur de la mer, je crois.

- On dit qu'il est parti.

- Lui qui aimait tant la chasse et le braconnage ?

- Ben dame ! On ne le voit plus dans le pays.

- Nous non plus... Nous ne voyons plus les traces de ses passages. Mais on ne s'en plaint pas, on a perdu assez de temps à lui courir après.

Il reprit sa plume et son petit carnet où il notait au jour le jour le détail des travaux effectués chez les fermiers.

- Il a laissé sa femme et son fils ?

- À ce qu'il paraît.

Tout ça n'était pas clair. Le lendemain, il alla voir Augustin.

- Tu trouves ça normal toi, que le père Brilloux soit parti, et pour prendre la mer de surcroît ?

- Non, mais il fait ce qu'il veut. Après tout, c'est son affaire.

Ils auraient presque eu des regrets. Ils avaient perdu leur adversaire et le pire, sans jamais avoir eu l'occasion de le verbaliser, ne serait-ce qu'une fois.

Antoine aussi en discuta avec Elisabeth :

- On n'aura plus besoin de surveiller le père Brilloux. Il n'est plus là.

- Oui mais il y a toujours son fils.

- C'est vrai. Je demanderai à Alexis s'il le voit encore à Pontorson. Il y va de temps en temps.

Jérôme Brilloux n'allait plus jamais au café de la Poste et ne vendait plus de gibier dans les restaurants. Il aidait sa mère, travaillait avec elle sur leur petit lopin de terre, soignait la vache et le cochon. Tous les deux ne parlaient guère. Ils survivaient, essayant, sans y parvenir, d'oublier leur drame.

Quelques semaines plus tard, en sortant de l'école, Elisabeth croisa la mère Brilloux. Elle était vêtue de noir. Ce n'était pas inhabituel pour les femmes d'un certain âge dans le pays. Elle marchait d'un pas rapide, en baissant la tête, évitant d'adresser la parole aux gens qu'elle rencontrait.

- La pauvre femme ! s'apitoya-t-elle. Elle a honte d'avoir été abandonnée par son mari.

Le soir, elle en parla à sa mère, devant Augustin.

- J'ai vu la mère Brilloux aujourd'hui. Elle faisait peine à voir.

- Que veux-tu dire ?

- Ben... Elle ne parlait à personne. Elle était pressée comme si elle avait quelque chose à cacher.

- Ce n'est tout de même pas son mari qu'elle cache ! reprit Augustin. Il sait très bien le faire lui-même.

Elisabeth ne dit rien et plongea le nez dans ses livres. Son attention était ailleurs. Elle avait entendu parler les gens, Louis et Augustin. Tout le monde était surpris de ce départ. Et si c'était encore un des nombreux tours du braconnier pour mieux endormir les gardes-chasse ? Elle ferma ses cahiers et annonça :

- Je vais voir Antoine !

Il était sur la digue avec sa chèvre.

- Tu sais, le père Brilloux ! Il n'est peut-être pas parti... On devrait surveiller sa maison.

- Tu crois qu'il pourrait être là, sans se montrer ?

- Je n'en sais rien, on devrait aller voir.

- Tu as raison... Je t'attendrai demain à la sortie de l'école, en haut des réservoirs. Je demanderai à Victor de venir.

Le lendemain, ils se retrouvèrent tous les trois, près de la vieille croix et pour ne pas être vus, ils suivirent le grand bassin et prirent la direction des bois jusqu'à la hauteur du vieux moulin.

Avec des ruses d'indien, se dissimulant derrière les arbres et les gros rochers, ils s'approchèrent de la maison des Brilloux. Ils ne traversèrent pas la route et demeurèrent postés plus d'une heure à regarder ce qui se passait. Tout semblait normal. La mère était dans son jardin et le fils s'activait dans l'étable auprès des animaux.

- Que veux-tu découvrir ? s'impatienta Victor. Pourquoi se cacherait-il ?

- C'est vrai, dit Antoine, ça ne sert à rien de rester là.

- Vous y croyez, vous, à son départ ? interrogea Elisabeth

- Ce ne serait pas le premier, affirma Victor.

- N'empêche, on devrait revenir. Si quelque chose n'est pas clair, on finira bien par s'en apercevoir.

Le doute persistait… Ils se promirent d'organiser une autre expédition dans le coin.

On était maintenant au début du mois de mars, la nature reverdissait. De tous les taillis éclataient les bourgeons et les oiseaux construisaient leurs nids. Dans les bois, autour des terriers, régnait une grande activité. Les mères s'occupaient des jeunes et les autres se préparaient à mettre bas.

Ils revinrent par jeu et par goût de l'exploration auprès du vieux moulin. C'était la fin de la journée, dans la ferme des Brilloux, on ne voyait rien bouger. Antoine décida :

- Aujourd'hui, il faudrait trouver quelque chose.

- Oui, mais quoi ? demanda Victor.

- Un indice confirmant que le père Brilloux n'est pas parti, répondit Elisabeth.

Antoine proposa :

- Nous devrions nous approcher plus près de la maison. D'ici, on ne voit pas grand chose.

- Il n'y a qu'une seule solution : traverser la route, faire le tour jusqu'au gros chêne là-bas, arriver sur le pignon et se cacher derrière la haie.

- Ont-ils un chien ? s'inquiéta Elisabeth.

Observateur, Antoine répondit :

- Non, je ne crois pas. Il aurait déjà aboyé et on l'aurait vu.

Ils se déplacèrent rapidement, sans bruit, souples et agiles comme le sont les enfants. À l'abri de la haie, ils étaient maintenant à quelques mètres seulement de la porte de la cuisine. Victor réalisa la situation.

- Si quelqu'un sort, on est foutu. Comment faire pour repartir sans être vu ?

Antoine se retourna pour évaluer la distance : sur la gauche, cent mètres les séparaient d'une vieille grange, au milieu d'un terrain parsemé de fougères et de genêts.

- On se met à plat ventre et on essaye d'aller le plus vite possible, en se cachant derrière les arbustes, jusqu'au bâtiment, là-bas. On ne peut plus nous voir de la maison.

Ils étaient prêts à partir tous les trois dans cette direction, si la mère ou le fils s'approchait de la haie bordant le potager.

Soudain ils frémirent ! La porte venait de s'ouvrir... Le fils sortit d'un air rageur... Il fit trois pas dans la cour et retourna à l'intérieur. Ils furent saisis de peur et d'excitation, mais, courageux, ils ne bougèrent pas. La mère parlait, le ton était déterminé et las :

- Non, Jérôme... tu ne te serviras pas du fusil.

- C'est juste pour tuer les lapins dans le champ.

- Tu n'as qu'à mettre des collets comme le faisait ton pauvre père.

- Un homme se sert toujours d'un fusil !

- C'est le fusil la cause de tout ça... Ton père avait raison. Il ne fallait pas y toucher. N'oublie pas ce qui s'est passé !

- Mais c'était un accident, maman.

- Un accident ! Pour moi, c'est un grand malheur. Elle se lamentait avec des sanglots dans la voix. Je ne veux plus voir cette arme. Je vais la vendre.

Jérôme Brilloux ne répondit pas. Il se dirigea vers l'étable. On entendit des coups sourds, puis plus rien. Le silence retomba sur ce bout de lande loin des voisinages.

- On ne peut pas repartir par où on est venu. De l'étable, il pourrait nous voir. On fait comme on a dit, annonça Antoine, en se dirigeant vers les premiers genêts. Suivez-moi !

Ils se retirèrent en silence. Accroupis, rampant parfois, ils atteignirent le vieux bâtiment. De là, ils regagnèrent les bois. Antoine déclara :

- Je comprends pourquoi il n'y a plus de braconnage. Le fils Brilloux n'a pas le droit de se servir du fusil et si le père est parti...

- En tout cas, il a l'air d'obéir à sa mère, ajouta Victor.

- Vous avez entendu ? raisonnait Elisabeth. Il a dit : "C'était un accident" et la mère a répondu "Pour moi, c'est un grand malheur". Qu'est ce que cela veut dire ?

Ils avançaient en réfléchissant. Victor proposa.

- On descend par la Carrière ?

- Si tu veux.

Des fourrés profonds bordaient le chemin jusqu'à la maison de la Régie. Ce bois dévalant la côte n'était pas très grand, mais on s'y sentait perdu, comme au cœur d'une grande forêt. Soudain Antoine s'arrêta.

- Quelqu'un a dû être blessé.

Elisabeth surenchérit :

- Ou tué peut-être !

- C'est horrible ce que vous dites, s'indigna Victor. Un meurtre à Roz ? Vous avez beaucoup trop d'imagination.

- Dans la conversation, ils parlaient d'un fusil : "Qu'il ne faut pas toucher" et "La cause de tout ça".

- C'est vrai, on peut se poser des questions.

- Enfin ! essayait d'analyser Elisabeth, le père Brilloux n'aime pas la mer et il aurait soi-disant embarqué ?

- Alors, dit Antoine, le fils aurait tué son père ?

L'ombre les entourait… Ils se sentaient au cœur d'un mystère, d'un drame, de quelque chose de grave et qui fait peur. Les cris des oiseaux devinrent subitement sinistres. Il y eut des frôlements sournois et des craquements inquiétants au milieu du bois. Pourtant, ils repartirent dans la descente, avec l'âme de véritables détectives, prêts à affronter tous les dangers s'il le fallait.

Dans cette demi-obscurité, ils ne virent pas à quelques mètres d'eux, un pied sortant de terre, en bordure d'un taillis.

6

Les enfants arrivèrent aux 4 Salines, de plus en plus excités par ce qu'ils avaient entendu, et troublés par ce qu'ils croyaient comprendre. Ils rencontrèrent Louis au croisement de la petite route allant vers la maison sur la digue :

- Vous rentrez bien tard ! Où avez-vous été traîner ?

- Au vieux moulin, répondit Antoine, toujours aussi désorienté.

- Du côté de chez Brilloux ?

- Ben oui… et on a entendu des choses !

- Ce n'est pas très bien d'aller écouter aux portes.

- Je sais, avoua Antoine, mais c'est peut-être grave.

- Ah bon !

- La mère et le fils se sont disputés à propos du fusil du père.

- Cela arrive parfois… Ce n'est pas une raison pour vous mettre dans cet état.

- Oui… mais, continua Elisabeth, ils ont parlé d'un accident et d'un grand malheur.

Leurs mines inquiètes alerta Louis.

- J'allais voir Augustin, j'ai besoin de lui. Il sait mieux que personne remettre les outils en état. Venez avec moi ! Vous allez nous redire tout ça dans le détail.

Victor fit quelques pas sur la route de la Saline.

- Je dois rentrer ! Il va bientôt faire nuit et mes parents m'attendent.

Sur la digue, Marie préparait des légumes pour le repas et Augustin arrivait par le sentier du bas.

- Tiens ! Veux-tu regarder ma hache ?

- Tu as encore cassé le manche ! Comment fais-tu ?

- Je n'en sais rien. J'ai dû taper sur une bûche de chêne trop dure.

- Vous arrivez seulement de l'école ? s'informa Marie.

Elisabeth et Antoine regardèrent Louis.

Celui-ci s'adressa à Augustin :

- Tu ne vois pas la tête de ces gamins. Ils sont allés rôder avec Victor autour de la maison des Brilloux. Ils auraient entendu parler d'un accident et d'un grand malheur, alors ils croient avoir découvert un drame.

- C'est vrai Parrain, confirma Elisabeth.

- Oh la la ! Vous allez vite en besogne. Un drame au vieux moulin ? Racontez-moi votre histoire… et sans rien ajouter ni oublier. Il ne s'agit pas d'aller imaginer n'importe quoi. C'est grave ce que vous avancez.

Augustin écouta attentivement le récit et les commentaires des enfants.

- Ça se tient, marmonna-t-il en regardant Louis, mais nous n'avons aucune preuve. Que pouvons-nous faire ?

- Toi aussi, tu envisages la mort de ce pauvre bonhomme ?

- C'est difficile à dire, seulement comme j'ai du mal à croire à son départ…

- Et si nous allions faire un tour du côté du vieux moulin.

- Oui… Seulement les terres d'en haut n'appartiennent pas à la Compagnie. On n'a rien à faire par-là.

- À mon avis, cette histoire n'est pas nette. Jérôme Brilloux a toujours été un renfermé et un solitaire. On ne sait pas grand-chose de lui, c'est peut-être un déséquilibré…

En prononçant ces paroles, Louis réalisa le danger couru par les enfants.

- Ne vous occupez plus de cette histoire ! Vous ne devez pas être mêlés à tout ça.

- Je vous défends d'y retourner, ajouta Marie. Ils ont un fusil. Si le fils Brilloux a été capable d'un tel acte, il pourrait bien recommencer.

Se sentant plongés, plus profondément encore, dans un drame qui les dépassait, et de plus en plus perplexes, ils eurent tous du mal à trouver le sommeil.

Léonce Anselme considérait son stock de bois.

- Il a bien diminué durant l'hiver… j'aurais dû m'en préoccuper plus tôt et faire quelques coupes. La végétation a déjà démarré, il sera trop tard.

Le lendemain, il se décida tout de même à prendre le chemin du vieux moulin pour visiter ce bout de terre, hérité de sa mère au début de l'année. Il commença par en faire le tour, afin d'évaluer le nombre des arbres bons à abattre.

- Il faudrait débroussailler… Les taillis sont beaucoup trop épais, rien ne peut se développer correctement dans un tel fouillis.

La serpe à la main, il avançait en coupant, ça et là, des ronces et des fougères afin de dégager les jeunes plants. Soudain, le bras levé, il s'arrêta… Une chaussure sortait du sol et semblait bien être au bout d'une jambe…

- Crédieu ! Qu'est-ce que c'est que ça ?

Il se pencha et du bout de son outil dégagea un peu de terre… Pas de doute, il y avait bien un mort là-dessous.

- Ben, me voilà avec un bel héritage moi !

Effrayé, il partit en courant à la recherche du maire…

La nouvelle éclata comme une bombe dans le bourg de Roz : “Léonce Anselme a trouvé un cadavre dans son bois… Ce serait le père Brilloux !”

Dans l'étonnement et la stupeur, tout le village se retrouva au cœur du drame.

Après s'être rendu sur les lieux, le maire prévint les gendarmes de Pleines-Fougères. Ils arrivèrent à Roz avant midi et procédèrent à l'exhumation du corps. De toute évidence c'était bien Raymond Brilloux.

Ils se rendirent à sa demeure, porteurs de la nouvelle. La pauvre mère fondit en larmes. Par contre, le comportement du fils attira tout de suite leur attention. Il aurait voulu fuir, cela se voyait à sa façon de regarder la porte. Il répondait à leurs questions, par des oui ou des non à peine distincts, dans l'intention manifeste de se montrer étranger à cette histoire.

Sur la place, cet événement horrible et extraordinaire alimentait toutes les conversations. Il ferait “la une” des journaux et s'était passé, là, à un kilomètre du bourg. C'est-à-dire à proximité de chacun. Tous se sentaient concernés et se demandaient comment un tel drame avait pu se produire à leur insu.

En sortant de l'école, Elisabeth se précipita vers celle des garçons. Il lui fallait parler à Antoine et à Victor. Ils l'attendaient en haut du “Palais”, en faisant des commentaires.

- Tu te rends compte, s'étonnait encore Antoine, nous avions compris avant tout le monde.

Victor poursuivit :

- Oui ! Et nous aurions pu trouver le cadavre, en descendant par la Carrière.

Elisabeth frissonnait encore d'excitation et de peur rétrospective, à la pensée de cette macabre découverte.

- Nous sommes passés tout près…

Puis, elle voulut savoir :

- Comment avez-vous appris ?

C'est Antoine qui raconta :

"Léonce Anselme est arrivé dans la cour en courant et en faisant de grands gestes. Il a frappé à la première porte, c'était celle de notre classe. Le maître a ouvert, mais il faisait tellement de bruit qu'il a fait sortir le maire de chez lui. On les entendait dans le couloir.

- Monsieur le maire ! Il faut venir tout de suite au vieux moulin. Dans les bois… J'ai trouvé… Il était essoufflé et s'est arrêté une minute.

Nous nous regardions intrigués.

- Hé bien ! Qu'as-tu vu, Léonce ?

Il était complètement affolé.

- Un cadavre, monsieur le maire !

- Une bête, un sanglier peut-être ?

- Non ! Un homme, je l'ai vu comme je vous vois. Il faut venir tout de suite… Il a des chaussures aux pieds.

J'ai lancé un coup d'œil à Victor. Après notre expédition d'hier, pour nous ça ne faisait pas l'ombre d'un doute, mais le maire insistait

- Une vieille paire de bottes sans doute ?

- J'aimerais bien, je vous assure.

Il s'était calmé un peu et continuait :

- J'ai regardé, vous pensez… Venez avec moi ! Vous verrez par vous-même. Je ne suis pas fou. Il y a bien un mort au vieux moulin.

- Bon sang ! Si c'est vrai... Allons-y immédiatement.

Ils sont partis tous les deux et le maître est rentré dans la classe en nous demandant de nous rasseoir. Nous faisions, il est vrai, un beau charivari.

D'un côté, les adeptes de la présence du Père Brilloux dans les fourrés des Chouannières et de l'autre ceux qui ne voulaient pas y croire.

Le maître a pris un ton sérieux pour calmer notre agitation :
- Il n'est jamais bon de faire des suppositions trop hâtives, pour le moment nous ne pouvons rien affirmer.
- J'avais l'impression qu'il pensait le contraire. Pas toi Victor ?
- C'est vrai, il n'était pas convaincant... Seulement nous n'avons pas échappé à la fin du cours : "Du calme s'il vous plaît ! Nous allons reprendre la classe. Etienne ! Comment accorde-t-on le participe passé du verbe avoir ?" Etienne avait tout oublié. Le maître a voulu nous expliquer avec des exemples mais personne n'écoutait. Nous regardions par la fenêtre les allées et venues, jusqu'au moment où les gendarmes se sont présentés à la mairie. Léonce avait bien dit la vérité."

Elisabeth continua le récit de cette journée inhabituelle :
- Nous, c'est à la récréation. La mère de Catherine Chantou remontait du bourg, elle s'est arrêtée devant l'école pour apprendre à sa fille que le maire était parti au vieux moulin avec Léonce Anselme. À midi, tout le monde parlait de cette histoire et de l'arrivée des gendarmes à Roz. Moi je n'ai rien dit au sujet d'hier soir. Et vous ?
- Nous non plus. Les parents nous l'ont demandé.
- Les gendarmes viendraient nous interroger, s'alarma Victor. Nous serions obligés de dire comment nous sommes allés espionner. Ils nous demanderaient pourquoi.

Antoine était de son avis.
- Il faudrait expliquer les braconnages, il y aurait beaucoup de questions. Non ! Non ! Il ne faut rien dire.

Ils étaient conscients d'avoir participé, de loin peut-être, à cette terrible tragédie. Ils ressentaient la gravité de la mort, et même si leur jeunesse ne leur permettait pas de tout comprendre, ils vivaient cette histoire avec intensité et en restèrent marqués pendant plusieurs mois.

Les gendarmes gardèrent Jérôme Brilloux dans une des salles de la mairie la nuit entière pour le questionner. Au petit matin, il finit par avouer. Dans les mois suivants, après son procès et un séjour en prison, il fut envoyé au bagne à Cayenne. Sa pauvre mère ne supporta pas la honte, le regard des autres et la solitude. Le malheur s'abattait sur elle encore une fois. Elle mourut de chagrin à la fin de l'année suivante.

À Roz, on parla longtemps de ce fait divers et du fils qui avait tué son père avec un fusil de chasse. On n'allait plus se promener du côté du vieux moulin sans appréhension. L'endroit faisait peur. Il évoquait trop ce drame contre nature.

Cependant, la vie et les occupations journalières reprirent le dessus et on y pensa moins. Les longues journées de printemps ensoleillées, remplies par les travaux des champs, remplacèrent, celles plus courtes et plus sombres de la fin de l'hiver. La verdure avait partout retrouvé sa place et la nature étalait ses frondaisons. Dans le but sans doute d'effacer toutes les traces de cette terrible histoire.

Au mois de mai, il y eut la cérémonie importante marquant le début de l'adolescence : la communion solennelle. Après cette manifestation, sans être tout à fait des hommes ou des femmes, il leur semblerait avoir quitté le monde de la petite enfance. Pour vivre cette journée particulière et pour proclamer sa foi en Dieu, on portait du blanc.

Marie emmena Elisabeth à Pontorson pour choisir une toilette de communiante. La tenue servirait encore, si on comptait le renouvellement de la profession de foi l'année suivante et les processions de la Fête-Dieu. La coutume voulait qu'on remette la belle robe de mousseline blanche et le voile assorti pour suivre le Saint-Sacrement dans les rues du village.

Ce jour-là, il ne restait pas beaucoup de roses dans les jardins. Les petites filles remplissaient des paniers avec les pétales des fleurs et les versaient en pluie, devant les reposoirs, lors des bénédictions de monsieur le curé avec son ostensoir. Pour les garçons, le vêtement était plus sobre. Ils glissaient à leurs bras, sur un costume neuf, un brassard blanc avec un gros nœud et des pans brodés.

Marie et Alix décidèrent de faire un repas de fête en commun, puisque Alix était la marraine d'Elisabeth et Augustin le parrain de Victor.

- Vous viendrez tous à la Saline, c'est beaucoup plus grand chez moi. Nous inviterons la tante Fouquet, les frères de Léon, les cousins de Victor et bien sûr Félicienne, Gilette et Denise.

- Entendu. Nous ferons le travail ensemble, confirma Marie.

Dans la vaste salle à manger, les nappes blanches et la vaisselle des jours de fête recouvraient la table. Alix avait fait des bouquets avec les fleurs blanches des "arômes" et celles des "boules de neige", les préférées d'Elisabeth, dont l'arbuste ornait le devant de la maison.

Les femmes de journées s'affairaient dans la cuisine autour des potages, des saumons de la baie, commandés par Léon à un pêcheur et des gigots de prés-salés venant de la ferme. Sur le coin du fourneau cuisait doucement le fameux riz au lait à la vanille dont Augustin raffolait.

À l'église, après être entrés en procession, accompagnés par leur parrain ou marraine portant leur cierge, les enfants chantèrent et dirent leur profession de foi avec beaucoup d'émotion.

Elisabeth, en son cœur sincère, reçut l'hostie, les larmes aux yeux. L'odeur des fleurs qui ornaient le chœur, le parfum de l'encens et la douceur de la mousseline sur sa peau, lui donnaient un goût de paradis. Éblouie devant le soleil, elle retrouva Marie et Augustin près du porche de l'église.

Elle tendit ses joues en souriant pour recevoir les baisers de sa mère et de sa marraine. Joséphine s'approcha et la prit dans ses bras avec tendresse. Elle écrasa un peu la mousseline sur son giron, mais Elisabeth se laissa faire avec bonheur.

- Ma petiote, comme te voilà belle !

L'heure n'était pas aux plaisanteries, aux rires et aux enquêtes. Antoine, Elisabeth et Victor se dévisageaient, étonnés d'être si différents, ils étaient graves, impressionnés par tout ce faste et leurs beaux atours.

Dans un ciel clair, les cloches carillonnaient plus fort et plus gaiement que d'habitude. Par famille, les paroissiens prenaient le chemin de la maison. Des carrioles descendaient à la Saline. Alix proposa à la grand-mère d'Antoine de monter, laissant ses oncles et ses cousins descendre à pied. Dans chaque foyer, un festin attendait les convives.

À table, Elisabeth et Victor eurent les places d'honneur. Côte à côte, ils se devaient de présider le repas. Pareil rôle ne leur avait jamais été donné. Elisabeth avait conscience de l'importance que lui donnait sa belle robe blanche. Victor portait son premier costume à pantalon long, il le grandissait et lui donnait un air sérieux qu'on ne lui connaissait pas.

Quand ils furent assis, tout le monde remarqua, chacun à sa façon et sans le dire, la couleur identique de leurs yeux bleus et surtout la fraîcheur et la grâce émanant de leurs personnes. Marie se pencha vers Augustin :

- Comme ils sont beaux tous les deux…

- Oui, répondit-il, ému et heureux.

Les communiants sentaient confusément les regards portés sur eux. Le brouhaha des conversations et le tintement des couverts arrivaient à leurs oreilles, comme à travers un brouillard. Leur proximité les rassurait et leur donnait un sentiment de réconfort pour vivre ensemble cette journée. Un peu guindés au début, ils oublièrent tout cela pour participer au repas dans la bonne humeur. Ils reprirent plusieurs fois du dessert et même un doigt de vin.

Quand l'heure des vêpres sonna, ils jetèrent un regard de regret vers la grève. Par cette belle journée ensoleillée, il aurait fait bon courir, après avoir ôté la belle robe et le beau costume.

Ils se rendaient compte que le port de ces vêtements les rendait différents, dans l'obligation de se tenir comme il se doit le jour d'une communion solennelle. La règle voulait que cette journée soit vécue dans le recueillement jusqu'au bout.

Le mois suivant, arriva la date tant redoutée du certificat d'études. Depuis quelques jours, Elisabeth connaissait le trac et son mal de ventre. Elle avait révisé, avec beaucoup de sérieux, l'histoire, la géographie et la grammaire. Mais plus la date approchait, plus il lui semblait ne rien retenir.

L'examen se passait à Pleines-Fougères et les candidats, accompagnés de leur maître, s'y rendaient en voiture à cheval. Le père d'Amélie, chargé d'emmener les filles de l'école des sœurs, devait s'arrêter à la maison sur la digue puis chez Marie-Louise au “Bas du Palais”. Il prendrait ensuite les deux élèves du bourg et la sœur qui les accompagnait.

Marie s'était levée de bonne heure pour préparer un copieux déjeuner à sa fille. Son repas de midi attendait, soigneusement emballé dans un torchon. Après lui avoir donné sa robe du dimanche et coiffé ses cheveux devant la glace, elle finissait de les attacher avec un ruban.

- Maman ! Je serai reçue, tu crois ?

- Bien sûr que tu seras reçue ! Tu as bien travaillé, je le sais.

- J'ai l'impression d'avoir tout oublié.

- Ne pense plus à rien. Le moment venu, ce sera clair dans ta tête, tu verras. J'étais comme toi le jour de mon certificat.

Sur la route des polders, la carriole du père d'Amélie se profilait entre les peupliers. Fébrile, Elisabeth se dégagea :

- Je vais dire au revoir à Parrain !

Elle embrassa sa mère et alla donner un baiser à Augustin.

Léon, le père de Victor conduisait les garçons, il avait pris Antoine au passage et montait le “Palais”. Devant l'école attendaient les autres candidats et leur instituteur.

Pendant les huit kilomètres du trajet, les voitures se suivirent à quelques mètres de distance. La présence de la sœur et du maître interdisait toute communication intempestive entre ces écoles rivales. De toute façon, il n'était pas de bon ton pour les filles de parler aux garçons. Elisabeth adressa cependant un sourire à Antoine et Victor. Ils lui répondirent par un signe de la main. Plusieurs attelages, venus de tous les villages du canton, stationnaient sur la place de la petite ville. Les premiers arrivés, massés devant le collège, attendaient qu'on leur dise d'entrer dans les salles de classe. Il régnait un silence qui ne masquait pas l'appréhension d'être bientôt seul devant sa feuille blanche.

Aux “4 Salines”, la journée fut longue pour Marie, Augustin et les parents d'Antoine. En fin de journée, les charrettes descendirent le Palais. Joséphine courut jusqu'à la maison sur la digue. Toute activité cessante, on se retrouva impatient au carrefour. Chacun se demandait quel serait le verdict. Pour Elisabeth et Victor, ils redoubleraient s'il le fallait. Antoine, dans tous les cas, était “engagé”. Alexis avait quitté la ferme Coueffet pour travailler avec le père Roussel, il apprenait la menuiserie. Son frère, comme il l'avait prévu, avait été sollicité pour le remplacer. Dès la semaine prochaine, il serait pâtour.

La carriole des filles s'arrêta, un peu plus longtemps qu'il ne le fallait, au “Bas du Palais”, chez Marie-Louise. Antoine et Victor arrivèrent les premiers aux “4 Salines”. Leurs sourires en disaient long. Antoine sauta de la voiture et s'avança vers Louis et Joséphine :

- Je suis reçu, dit-il.

Ils le prirent dans leurs bras. Pour le garçon, il n'était pas besoin de recevoir d'autres compliments. Il lui suffisait de voir le bonheur et la satisfaction dans les yeux de ses parents. Joséphine le repoussa pour le regarder, comblée et admirative :

- Te voilà un homme maintenant. Tu as ton certificat.

Puis s'adressant à Victor, resté sur le siège du véhicule :

- Et toi ?

- Moi aussi, je suis reçu ! affirma-t-il joyeusement, en faisant un clin d'œil à Antoine.

Tous étaient heureux et soulagés de voir cette épreuve terminée. Léon reprit son fouet et desserra le frein.

- Je rentre ! Nous allons annoncer la bonne nouvelle à Alix. Elle doit être impatiente de nous voir.

On entendit alors le cheval du père d'Amélie clopiner doucement sur la route. Il s'arrêta et tous les regards se dirigèrent, anxieux, vers Elisabeth. Elle descendit, le visage sérieux, et se dirigea vers ses parents. Inquiets, ils se regardèrent : "Se pourrait-il qu'elle ait échoué ?"

- Alors ?

Elle marchait toujours sans rien dire... Puis subitement, ni tenant plus, elle fit le dernier pas en courant vers sa mère et dans un éclat de rire, elle cria :

- Je suis reçue, je suis reçue ! Amélie, Marie-Louise et moi, nous sommes les premières du canton, nous avons eu des félicitations !

Ce fut une explosion de joie et tout le monde voulut s'embrasser. Augustin proposa :

- Il faut fêter ça tout de suite, venez à la maison ! J'ai encore quelques bouteilles de bon cidre bouché.

Ah ! Comme l'air était léger ce soir-là ! Elisabeth et Antoine s'en souviendraient longtemps. Ils vécurent d'autres évènements beaucoup plus importants dans leur vie, mais cette joie de la première réussite personnelle et la fierté de leurs parents, ils ne l'oublièrent pas. On improvisa un souper. Les adultes racontèrent leurs souvenirs d'expériences vécues au même âge et on se quitta fort tard, heureux les uns des autres et comblés par toutes ces émotions.

Quelques semaines plus tard, Marie accompagna Elisabeth à Dol pour l'inscrire à l'école Notre-Dame où elle resterait pensionnaire jusqu'à son brevet. Elles visitèrent l'établissement : dortoirs, réfectoire, salles d'études, et reçurent la liste du trousseau nécessaire à l'entrée de toute nouvelle élève. Ensemble, elles firent les boutiques de la ville et achetèrent robes et tabliers. On donna à Elisabeth le titre de "mademoiselle", c'était nouveau pour elle. Une première page de sa vie venait de se tourner.

Antoine prit un petit baluchon et se rendit à Villebrune, heureux de ce changement. Par inclination, il aurait préféré aller au collège comme ses amis mais on ne le lui avait pas proposé. Pour Victor, le chemin était tracé. Après quelques années de pensionnat, il s'occuperait de la ferme avec son père.

Elisabeth aidait sa mère aux travaux de la maison et allait voir ses amies. Elle appréciait ses vacances et les journées calmes et douces avec Amélie et Marie-Louise, mais les jours se ressemblaient. Les autres années, elle vivait des moments passionnants avec les garçons.

Il lui revenait alors, avec nostalgie, les souvenirs de leur petite équipe. Cet après-midi-là, n'y tenant plus, elle prit son vélo et dit à sa mère :

- Je vais voir Antoine.

Elle grimpa sur la digue de mer et l'aperçut. De loin, elle cria son nom :

- Antoine ! Antoine !

Sa voix roulait sur les schorres, elle arriva comme un bonheur à ses oreilles. Ils s'assirent sur une butte de terre au milieu des grèvins* et parlèrent de la pêche, leur sujet préféré.

* race de mouton vivant sur la grève.

- Il y a une grande marée la semaine prochaine, viendras-tu ?

- Bien sûr ! Manquer une marée ! Tu n'y penses pas... De toute façon, ces jours-là, les moutons ne sortent pas. Les herbus sont trop dangereux pour eux.

- Tu as de la chance, tu peux te baigner tous les jours.

- Oui, mais tout seul, c'est moins amusant.

- J'apporterai mon costume de bain et je viendrai avec Victor demain, s'il est libre.

- Oui, venez ! J'aime être dans la baie, tu le sais, les occupations ne manquent pas avec les brebis et les agneaux. Les autres pâtours viennent me voir de temps en temps. On discute. Malgré cela, les heures se traînent parfois...

- Je me disais la même chose hier. L'année dernière on s'amusait mieux.

Elle le regardait en souriant.

- Il faut croire que nous ne sommes plus des enfants.

Il gardèrent le silence... Quelque chose de sérieux venait de passer dans les mots d'Antoine... Ils refusaient d'être graves, pas encore... Elisabeth se leva. Il sortit un bâton de sa poche.

- Mon père m'a fait une flûte, écoute ! J'essaye de trouver les notes...

Il hésita un instant à se confier, comme s'il allait avouer une faiblesse :

- Tu sais ce que j'aime par-dessus tout ? Observer les oiseaux.

Le garçon laissait entrevoir son jardin secret. Elle retrouvait Antoine, le même compagnon de jeu, pourtant quelque chose était devenu différent. Elisabeth avait l'impression d'être une adulte en l'écoutant. Elle s'étonna de ce qu'il savait faire.

- L'autre jour j'ai réussi à attirer un courlis à quelques mètres de moi. Je me suis caché dans les herbes, il approchait prudemment, croyant trouver un comparse. C'était vraiment amusant à voir.

Elle déplora ne pas être retournée depuis longtemps au Mont Saint-Michel. Pour chasser ses regrets, il lui proposa :

- On peut y aller quand tu veux... Nous avons traversé la semaine dernière avec le pâtour de Belmontet et nous avons trouvé un nouveau jeu : écouter parler les Anglais. On essayait de comprendre. Impossible !

Les moutons se rassemblaient.

- Pas besoin de montre, regarde ! Ils connaissent l'heure. Tu vas voir, j'ai trouvé un moyen de locomotion.

Dans le troupeau, il y avait un blain, un bélier auquel l'âge avait donné des reins puissants. Le garçon le chercha des yeux. Très intriguée, Elisabeth attendait.

Le pâtour n'en était pas à son coup d'essai, il s'approcha de l'animal, l'immobilisa en s'accrochant à sa laine et l'enfourcha. Le blain doté d'un bon caractère, se laissa faire et avança après avoir reçu une tape sur l'arrière-train.

- Allez, hue !

Antoine s'amusait de la surprise d'Elisabeth.

- Il t'emmène jusqu'à la ferme ?

- S'il est décidé, oui. C'est plus reposant.

Suivant le troupeau, ils marchaient sur la digue en évitant les flaques d'eau laissées par la dernière averse. Elisabeth se demandait si elle pourrait essayer, ce devait être amusant de se faire porter.

Le bélier ruminait d'autres réflexions, il avait vu les zones boueuses et les mares d'eau. Se mouiller les pattes ne l'intéressait plus. Il prit son élan, pour faire un saut "digne d'un mouton". Surpris, le pâtour se trouva déséquilibré et tomba au beau milieu de la fange. Le blain, étonné d'être débarrassé de son cavalier, secouait son échine.

L'air ahuri d'Antoine, l'état inattendu dans lequel il se trouvait, provoquèrent un fou rire chez Elisabeth. Elle ne pouvait plus s'arrêter. Un peu vexé, il commença par grogner :

- Ça te fait rire, toi !

- Ben oui, c'est drôle ! Tu as de la boue jusque sur le nez !

Il se releva en constatant les dégâts sur son pantalon. Puis devant son rire qui ne cessait pas, il se mit à en faire autant, il s'arrêtait et recommençait de plus belle. Dérangé par ces ébats insolites, le blain se retourna offensé, se demandant depuis quand les pâtours se moquaient des moutons...

Ils reprirent leur sérieux et Antoine déclara :

- Bon, je n'ai plus qu'à rincer ma culotte dans l'abreuvoir en arrivant et à la faire sécher. Heureusement, j'ai une rechange.

Son genou saignait un peu, il repartit en boitant et en se frottant les fesses.

- Ah ! Il ne m'a pas manqué l'animal.

Elisabeth l'accompagna jusqu'au croisement de la route de la ferme, elle riait encore...

- On recommence demain ?

- Ah non alors !

Le lendemain, un vent chaud inhabituel venant du sud, soufflait dans la baie. Elisabeth vint chercher Victor.

- Antoine nous attend. La criche va être bonne, nous pourrons nous baigner.

Il enfourcha son vélo.

- On y va !

Toute appréhension de l'eau avait disparu. Ils s'ébattirent tous les trois sans s'apercevoir que le vent poussait de gros nuages noirs. Des éclairs silencieux zébraient le ciel. Les premières gouttes de pluie les mirent en alerte.

- Il faut rentrer, l'orage va éclater ! Ça va tomber.

- Je vais regrouper les moutons, dit Antoine.

Ceux-ci s'affolaient et couraient, au risque de tomber dans un fossé de tangue. Il alla chercher son blain, le maintint près de lui, les autres suivirent.

- À vélo, vous avez le temps de rentrer, moi je vais me mettre à l'abri dans la cabane du berger, là-bas.

Victor et Elisabeth, ramassèrent prestement leurs affaires et pédalèrent rapidement vers les "4 Salines". L'averse les surprit du côté des Cotterets, ils ne pouvaient plus avancer tant il pleuvait fort.

- Arrêtons-nous, proposa Victor. Tu vois le premier bâtiment, c'est l'étable ou la bergerie. Personne ne nous dira rien.

La bergerie était vide, ils entrèrent. La paille et les crottes recouvraient le sol. En s'habituant à la semi-obscurité du lieu, Elisabeth aperçut les loges des bergers.

- Tiens, ils ont des lits clos comme à la Saline. On va voir ?
- Si l'orage ne s'arrête pas, les bergers vont rentrer.
- Ils comprendront que nous sommes venus nous abriter.

Ils s'assirent sur les couchettes avec leurs habits mouillés et tirèrent les rideaux pour avoir moins froid. Elisabeth leva les bras pour attacher ses cheveux. En faisant ce geste, son coude frôla celui de Victor. Il en ressentit la douceur.

Ses petits seins, comme des pommes, pointaient sous le caraco. Il les vit… Pourtant ce n'était pas la première fois, ils s'étaient souvent baignés ensemble. Mais aujourd'hui, d'être si près d'elle, dans un endroit clos, le troubla. Il ressentit un frisson de chaleur et rougit en remarquant ses dents blanches et ses lèvres humides. Elle venait d'y passer la main pour essuyer une goutte d'eau glissant de sa joue.

La jeune femme en herbe qu'était devenue Elisabeth, vit ce trouble et sut qu'elle l'avait provoqué. La sensation était délicieuse et nouvelle mais elle ne savait qu'en faire. Pour cacher la gêne provoquée par ce sentiment et rompre cette intimité dérangeante, elle écarta le rideau en riant :

- Il ne pleut plus, on dirait.
- Tu as raison, allons voir !

Le garçon, soulagé de pouvoir mettre fin à cet instant,

souhaita que la chaleur ayant enflammé ses joues n'ait pas été perçue par Elisabeth.

La pluie avait cessé mais à l'horizon, la couleur du ciel annonçait une accalmie passagère.

- Dépêchons-nous ! Ça va sûrement recommencer !

Ils se hâtèrent vers les “4 Salines”. À peine arrivés, une autre averse, plus forte encore que la précédente, tomba sur eux. Laissant les vélos sur la digue, ils poussèrent la porte de la maison. Il n'y avait personne. Dans la cheminée, des braises se consumaient lentement et dégageaient une douce chaleur. Ils s'approchèrent pour faire sécher leurs vêtements.

- Maman devait aller au bourg, la pluie a dû la retenir, constata Elisabeth. Attends-moi, je vais mettre une robe.

Elle monta l'échelle pour aller dans sa chambre. Victor avait retrouvé son flegme habituel et cette sensation fugace, ressentie dans la bergerie, l'avait abandonné.

- C'est comment là-haut ? Je ne suis jamais monté.

- Viens voir si tu veux. Ici, c'est mon domaine.

Il monta et regarda, intéressé, l'agencement d'Elisabeth.

- Cette porte, où donne-t-elle ?

- Oh, ça ! C'est le grenier.

Il tourna la clenche. Elle le suivit :

- Tu sais, il n'y a que des vieilles choses qui ne servent plus à rien depuis longtemps.

Là, s'entassaient des vieux matelas, un fauteuil défoncé, des bourriches ayant fait leur temps, un havenet dont le filet avait besoin d'un bon ravaudage, des chaises cassées et des cartons.

La lumière arrivait par un œil-de-bœuf. Un rayon de soleil soudain entra par cette petite lucarne, illuminant la pièce. Cachée sur une poutre, une boîte métallique renvoya la lumière et attira leur attention.

- Je n'avais jamais vu cette boîte, s'étonna Elisabeth, songeuse, en tendant la main.

Une bourrasque de vent secoua la toiture. Durant une seconde, on aurait pu croire que la maison faisait le gros dos. À nouveau dissimulé par les nuages, le soleil avait disparu laissant la pièce dans la pénombre. Un petit vent sifflait dans les ardoises. Si Elisabeth avait écouté le langage de la maison, elle aurait perçu ces paroles :

- Non petite, il ne faut pas ! Ne touche pas à cette boîte ! Les secrets des autres ne t'appartiennent pas, ils risquent de changer ta vie. Va ! Ferme la porte et pars avant qu'il ne soit trop tard…

Refusant d'entendre, elle poursuivit son geste… Elle mit la main sur le coffret et l'ouvrit.… C'était des lettres…

- Regarde ! dit-elle à Victor, en s'asseyant sur un ballot de vieux chiffons, des lettres de maman à Parrain pendant la guerre.

- Tu ne devrais peut-être pas les ouvrir.

Poussée par une pulsion plus forte qu'elle, la gorge sèche, des picotements sous la peau, elle déplia la première lettre datée du mois de janvier 1917, et commença à lire :

Mon cher Augustin,

Nous sommes tous allés chez Alix le premier janvier où j'ai pu lire ta dernière lettre. Je prie toujours la bonne mère pour que tu reviennes de cette guerre.

Sachant que tu étais à Verdun, quelle joie après cette longue période sans courrier, de savoir que tu n'étais même pas blessé ! Ce n'est pas la peine que je te dise combien je pense à toi, tu le sais.

Après toutes ces années et ces évènements, que nous n'avons pas voulus, il est temps, je crois, que je t'avoue un secret.

Tu dois revenir, Augustin… C'est la chose que je désire le plus au monde. Mais je vais te donner une raison supplémentaire, que je confie, aujourd'hui, à cette feuille, parce que si Dieu en décidait autrement, je ne veux pas que tu partes sans savoir.

Cher Augustin, Elisabeth est ta fille, n'as-tu pas remarqué la couleur de ses yeux. De plus, elle porte sur la fesse ta "marque de fabrique". Quand tu la reverras, tu t'apercevras qu'elle a beaucoup changé, c'est une petite fille maintenant qui va bientôt aller à l'école. J'ai commencé à l'emmener dans la grève avec moi. Je crois qu'elle aussi aimera la pêche. Ses cheveux sont toujours aussi blonds. C'est elle qui me donne la force de vivre et de continuer dans cette période si difficile.

Ici, il y a toujours du vent et des marées mais la vie est triste sans vous tous.

Je t'embrasse,

Marie

Son visage avait pâli. Elle ouvrit la seconde, datée du mois suivant. Augustin écrivait :

Ma chère Marie,

Quel bonheur de recevoir ta lettre ! J'ai toujours souhaité un enfant de toi, mais je ne voulais pas y croire et tu m'annonces que cette petite Elisabeth, si jolie, est la mienne. Je l'aimais déjà beaucoup, maintenant que je sais que je suis son père, comme j'ai envie de la revoir et de la serrer dans mes bras !

Quand vais-je avoir une permission ? La guerre va-t-elle bientôt finir ? Nous ne le savons pas mais ce que tu viens de m'écrire me donne la force d'attendre et remplit mon cœur de joie.

Que de raisons pour désirer le retour au pays ! Si tu en as l'occasion, fais-toi photographier et envoie-moi un cliché de toi et de la petite.

Ton Augustin qui t'embrasse.

Elle replia les lettres et ferma le coffret. Elle en savait assez. D'une voix blanche, elle demanda à son compagnon :

- Tu as lu ? Augustin est mon père… Machinalement, elle mettait une main sur sa fesse, comme pour vérifier l'exactitude des mots qu'elle venait de lire.

- Oui.

Encore assis, l'un à côté de l'autre, ils échangeaient leurs yeux… Etaient-ils identiques comme on le disait ?

Leur monde n'était plus le même. Augustin, l'époux de Marie, devenait aussi le père d'Elisabeth et lui, Victor, son cousin germain.

- Alors, quand nous serons grands, nous ne pourrons pas nous marier.

Pourquoi lui parlait-il de cela ? Que voulait-il dire ? Cette information la bouleversait... Tout basculait autour d'elle, elle n'en comprenait pas la raison. Ne pouvait-on par revenir en arrière ? La maison, soudain, ne jouait plus son rôle protecteur. Devenue vulnérable, lui semblait-il, elle devait fuir. Loin, la violence de cette révélation s'atténuerait.. Fuir… Elle s'accrochait à ce mot qui retenait toutes ses pensées. Partir… Pourtant, au fond d'elle-même, une petite voix lointaine à peine audible, murmurait : je le savais.

Elle se mit debout pour répondre à sa question.

- C'est bien d'être cousins, non ?

Oubliant Victor, elle marmonna :

- J'ai une tache sur la fesse, comme la marque de fabrique d'Augustin et je ne l'ai jamais vue.

Après avoir remis la boîte en place, ils sortirent du grenier en refermant la porte.

- Ne dis rien de tout cela à personne, ordonna-t-elle. Tu me le promets ?

- Je ne dirai rien.

Revenus dans la pièce du bas, Victor se trouva décontenancé devant l'attitude hermétique d'Elisabeth

- Je vais y aller maintenant, il ne pleut plus.

- Non, il ne pleut plus.

Elle ne le regardait pas, elle était ailleurs. C'est seulement au bruit de la porte qu'elle comprit qu'il était parti.

Comment était-elle arrivée sur la vieille digue ? Pourquoi courait-elle dans cette direction ? Vers le soleil... Il descendait lentement à l'horizon dans un ciel redevenu bleu. Elle courait et ne pensait à rien d'autre. La digue s'allongeait sans fin devant elle. Sa fuite ne s'arrêterait pas...

La fatigue la stoppa. Epuisée, elle tomba dans l'herbe, l'endroit était moins mouillé qu'ailleurs, près d'un arbre et d'un bosquet. Elle s'allongea en regardant les petits nuages blancs filant dans le ciel...

- On dirait des moutons...

Elle ferma les yeux pour reprendre sa respiration et revit ceux d'Antoine. Le début de l'après-midi semblait bien loin et son insouciance aussi. Tout paraissait si simple, il y a quelques heures.

- Qu'y-a t-il de changé ?

Elle répondit à voix haute pour mieux se pénétrer de la réalité :

- Parrain est mon père...

Les mots résonnaient agréablement.

- J'ai toujours désiré qu'Augustin soit mon père.

Elle se posa encore la question :

- Mais alors ?

- Je ne le savais pas... Pourquoi ne m'ont-ils rien dit ?

- Parce que ma mère était mariée quand ...

Elle rougit... Sa mère avait donc fait cette chose avec Augustin... Mais alors ils s'aimaient ? Pourquoi maman s'était-elle mariée avec papa ?

- Ce n'était pas mon père ! réalisa-t-elle. C'est Augustin mon papa...

Elle laissa cette vérité devenir une évidence. Doucement, la paix descendait dans son cœur.

- Mon vrai papa est près de moi.

Elle leur en voulait encore de leur silence, d'avoir gardé leur amour et leur secret pour eux seuls. Elle aurait tant aimé le partager plus tôt.

Dois-je leur parler ?

- Je ne peux pas leur avouer la découverte des lettres ? Non. Ils avaient leur secret, j'aurai le mien... Peut-être attendent-ils que je sois grande pour me le dire ? Mais je ne suis plus une enfant.

Une nouvelle volonté venait de germer en elle qui se sentait presque une femme. Elle se leva et se dirigea vers la maison sur la digue, forte de ses nouvelles certitudes.

Elle ne savait pas qu'au même endroit, treize ans plus tôt, dans le bosquet qu'elle venait de quitter, elle avait été conçue par un jour d'orage.

Quand elle arriva à la maison, on l'attendait.

- Pourquoi rentres-tu si tard ? Augustin et moi, nous commencions à nous inquiéter.

Elisabeth se tenait très droite sur le pas de la porte. Ce n'était plus la petite fille qui a peur des remontrances. Elle connaissait le secret de sa naissance et eux ne le savaient pas. Ils n'étaient pas seulement des adultes irréprochables, ils étaient aussi, un homme et une femme qui s'étaient aimés en dehors du mariage. Une lueur d'adversité passa dans son regard.

- J'ai été prise par l'orage.
- Mais tu es revenue te changer. D'où viens-tu ?
- J'ai eu envie d'aller marcher sur la vieille digue.

Marie avait servi la soupe. La jeune fille se mit à table et ne parla plus.

Sur le moment, ils ne firent pas attention à son attitude, mais comme celle-ci persista plusieurs jours, ils s'interrogèrent. Dans leur chambre, un soir Marie dit à Augustin :

- Il s'est passé quelque chose, Elisabeth n'est plus la même.
- Tu sais à cet âge, les jeunes filles ont parfois l'humeur capricieuse.
- Qu'en sais-tu, toi, des jeunes filles comme tu dis ? C'est encore une gamine.
- Elle a beaucoup grandi cette année, son corps se transforme. Tu ne trouves pas ?
- Oui, c'est vrai. J'ai dû rallonger ses robes et même ses corsages sont trop étroits.
- Tu vois.
- Quand même, on ne change pas comme ça du jour au lendemain. Elle ne dit plus rien.
- Je pourrais essayer d'avoir une conversation avec elle.
- Elle a beaucoup d'affection pour toi, sans savoir que tu es son père. Si quelque chose la tracasse, peut-être se confiera-t-elle.
- Justement, il serait temps de lui parler.
- Attendons encore un peu, elle est si jeune pour comprendre.

- Hum ! Pas si jeune que ça. N'oublie pas, elle vient d'avoir son certificat, et elle entre en pension cette année.
- Discute un peu avec elle. On verra après...

Augustin trouva le prétexte d'avoir besoin d'Elisabeth pour l'aider à livrer, à Pontorson, les légumes et les fruits cultivés dans le jardin de la Régie. Il prit la carriole pour aller à la Carrière.

Elisabeth se réjouissait de revoir la vieille servante avec laquelle des liens affectifs s'étaient tissés. Le médecin sortait de la maison.

- Quelqu'un est malade ? demanda Augustin.

Le jardinier, qui préparait les paniers de légumes, lui répondit :

- C'est Mélanie ! Elle est tombée dans l'escalier et s'est cassé le bras. Je me demande comment ils vont faire, elle en a bien pour un mois.
- Je vais la voir ! dit Elisabeth.

Mélanie, assise sur une chaise dans la cuisine, essayait tant bien que mal, d'éplucher des pommes de terre.

- Bonjour petite ! J'espérais ta visite ! Depuis tout ce temps. Je sais, ton certificat... Te voilà presque une jeune fille maintenant.

Elisabeth s'approcha pour l'embrasser.

- Mélanie, tu t'es fait mal ?
- Ah ça oui alors !.. Ça va mieux depuis que le docteur m'a fait un plâtre, mais je ne peux plus rien faire.
- Attends, je vais t'aider.

Elisabeth éplucha les pommes de terre et les coupa en morceaux.

- Avec mon bras, je n'y arriverai pas toute seule. Veux-tu sortir la grosse casserole ? Oui celle-là, voilà ! Mets-là sur le fourneau, prends un bon morceau de beurre, tu le laisses bien fondre… Ça y est ? Verse les pommes de terre et remue bien. Viens près de moi. Tu vas aller en pension, paraît-il ?

- Oui. Je dois passer le brevet pour être institutrice plus tard.

- Hé bien ! Tu vas être savante. Je n'oserai plus t'adresser la parole..

- Que tu es bête !

Quand madame Blanchoire entra dans la cuisine, une bonne odeur de cuisson de beurre et de légumes emplissait la pièce.

- Bonjour Elisabeth.

- Bonjour madame.

Elisabeth se leva pour aller tourner les pommes de terre, avec la grosse cuillère en bois.

- C'est toi qui fais la cuisine ?

- Oui, Mélanie m'a dit comment faire.

Pour madame Blanchoire, une évidence venait d'apparaître. Elle sortit sans rien dire à la recherche d'Augustin. Il était dans le potager.

- Bonjour Augustin ! Je voudrais vous parler.

- Qu'y-a t-il pour votre service, madame ?

- Voilà, vous le savez Mélanie s'est cassé un bras.

- Oui, je l'ai appris tout à l'heure, Elisabeth est allée la voir.

- C'est à son propos que je désirerais vous entretenir. Mélanie va être immobilisée pendant un mois et je me demandais si la petite ne pourrait pas la remplacer.

- Elisabeth ?

- La remplacer, ce n'est pas le mot exact… mais la seconder pour effectuer les travaux, impossibles à faire avec un bras en écharpe.

- Oui, je comprends, répondit-il en réfléchissant.

Ce ne serait peut-être pas une mauvaise idée après tout. Elisabeth était plutôt désœuvrée pendant les vacances. Un peu de discipline lui ferait du bien. Si elle n'avait pas d'affinités avec madame Blanchoire, par contre, elle aimait beaucoup Mélanie.

- Je vous donnerai une réponse demain.

Il ne voulait pas prendre de décision avant d'avoir eu une conversation avec elle.

- Si elle est favorable, la petite pourrait-elle venir le plus tôt possible ?

- Certainement.

Il retrouva Elisabeth près de la carriole et ils prirent ensemble la route de Pontorson. Augustin attendit que le cheval eut trouvé son allure pour essayer de la sortir de son mutisme :

- Comment va Mélanie ?

- Bien. Seulement, elle a du mal à faire son travail.

- Madame Blanchoire est venue me voir dans le potager.

Elle garda le silence. “Ça ne m'intéresse pas” songea-t-elle.

Il insista :

- À ton sujet…

- Elle t'a parlé de moi ?

Intriguée, elle tourna la tête dans sa direction et constata : “C'est vrai, j'ai ses yeux".

Lui pensait : “Comme j'aimerais pouvoir lui dire : Tu es ma fille… Cette situation n'a que trop duré."

- Madame Blanchoire m'a demandé si tu pourrais venir aider Mélanie, jusqu'à la guérison de son bras. Es-tu d'accord ?

Les pensées d'Elisabeth se mirent à défiler rapidement : “Je ne serai plus tout le temps à la maison, j'aurai un travail, le premier, ça c'est bien… Plus question d'aller voir Antoine… mais lui aussi est occupé, comme Victor. Terminé les baignades et les visites au Mont Saint-Michel… Enfin peut-être pas complètement. Avec madame Blanchoire, ce ne sera pas facile, mais il y aura Mélanie…”

- Que lui as-tu répondu ?

- Que je lui donnerai une réponse rapidement.

- Je veux bien, finit-elle par annoncer.

- Parfait ! approuva t-il. Tu pourras commencer demain matin.

- Maman n'y verra pas d'objections ?

- Non, je ne crois pas... Tu vas apprendre comment on vit dans le grand monde.

Elle ne répliqua pas et le regarda avec indulgence. Sous sa casquette quelques cheveux blancs avaient fait leur apparition et au coin des yeux, ses rides s'accentuaient. Il sentit son regard et lui sourit...

Elle avait envie de l'appeler, papa...

À l'entrée de la ville, ils rencontrèrent les embarras habituels de voitures et de chevaux. Le directeur de la compagnie habitait dans une petite rue. Augustin s'arrêta sur le trottoir opposé à la maison.

Il attacha le cheval et commença à descendre les paniers en demandant à Elisabeth de l'aider. Il se préparait à traverser sans regarder.

Une voiture automobile arrivait qu'il ne voyait pas...

Elisabeth eut peur... Elle cria pour le prévenir :

- Papa ! Attention !

Comme s'il avait reçu un coup de fusil, il s'arrêta le pied encore levé pour descendre du trottoir. Elisabeth aussi était figée. Une seconde passa. Il se retourna et vit que ce mot lui avait échappé.

- Merci, dit-il.

Le moment n'était pas aux explications. Il entreprit de franchir cette ruelle dangereuse. Elle le suivit.

Le directeur de la compagnie les reçut aimablement. Il discuta avec Augustin des travaux en cours et s'enquit de la jeune demoiselle qui l'accompagnait et qu'il ne connaissait pas.

- C'est à vous cette grande fille ?

- Oui monsieur, acquiesça-t-il par habitude. Elle vient de passer son certificat.

Il se demandait : “Pourquoi m’a-t-elle appelé papa ?”

- Alors l’école est terminée pour toi ?

- Non, monsieur. À la rentrée, j’irai en pension à l’école Notre-Dame à Dol.

Elisabeth avait répondu poliment, mais ses pensées étaient ailleurs : “Il aura compris que “je sais”. Que va-t-il faire ?”

- Ah ! Très bien… disait le directeur surpris en regardant Augustin, puis il parla d’autre chose.

Sur le chemin du retour, après avoir dépassé les dernières maisons de la ville, avec sa façon de plaisanter qu’on lui connaissait et pour donner moins d’importance à ce qu’il voulait savoir, Augustin s’adressa à Elisabeth :

- Comment m’as-tu appelé tout à l’heure ?

- Papa !

- C’était bien agréable à entendre.

- C’est venu sans réfléchir.

- Des vérités apparaissent parfois toutes seules.

Elisabeth avait les mains moites… “Il va me parler” pensa-t-elle.

Lui ne riait plus et d’une voix douce, il prononça les mots qu’il rêvait de formuler depuis longtemps.

- Ton cœur s’est exprimé, Elisabeth. C’est vrai, je suis ton père…

- Je sais, dit-elle.

- Il y a longtemps ?

- Non.

- Depuis ton changement d’attitude à la maison, sans doute. Nous nous demandions pourquoi.

- Je voulais tant avoir un papa comme tout le monde. Pourquoi ne m’avez-vous rien dit ?

Des larmes envahissaient ses yeux.

Augustin réalisa qu'il venait de crever l'abcès. Il mit une main sur la sienne.

- Ne pleure pas ma petite fille. Nous allons te révéler, ta maman et moi, comment tu es venue au monde. Nous sommes presque arrivés.

Marie devina tout de suite : "Il s'est passé quelque chose."

Augustin tenait sa fille par les épaules, elle avait encore les yeux rouges. Il la serra un peu plus fort en expliquant :

- Nous avons une grande fille maintenant. Marie, il faut tout lui dire.

Avec des mots qu'elle pouvait entendre, ils lui relatèrent comment ils avaient grandi ensemble et pourquoi, après plusieurs années, ils s'étaient retrouvés. Marie s'était mariée très jeune, mais ils s'aimaient toujours, et mon Dieu... la vie ce n'est pas toujours ce que l'on croit. Et puis la mort du petit François, et puis la guerre...

Cette douloureuse confession ne se fit pas sans émotion. Elle comblait tous les vides créés par son absence et chacun essuya une larme.

- Augustin ignorait que tu étais sa fille, je lui ai écrit pendant la guerre. J'étais veuve, alors.

- J'ai lu les lettres, avoua-t-elle.

- C'était donc cela...

Et Marie sut que c'était le jour de l'orage.

Elle se leva et demanda à sa fille de mettre les assiettes sur la table. Leur cœur était plus léger et leur affection plus grande. Au cours du repas, Elisabeth demanda :

- Puisque je suis ta fille, papa, j'aimerais m'appeler comme toi et maman.

- Moi aussi, je voudrais bien mais nous n'allons pas claironner cette histoire sur les toits.

- Tu pourrais l'adopter, proposa Marie. Le nouveau mari de Juliette Tranchant, tu sais cet étranger venu du sud, il a fait la démarche. Le petit garçon de Juliette s'appelle Castagnier maintenant.

- Tu as raison… dès demain, j'irai voir le maire. Il me dira comment faire.

Il les prit toutes les deux dans ses bras.

- C'est le plus beau jour de ma vie… après mon mariage, précisa-t-il en embrassant Marie.

Puis, cérémonieusement, il s'inclina devant sa fille :

- S'il vous plaît, mademoiselle Elisabeth Rolland, vous feriez beaucoup d'honneur à votre papa, en lui donnant un baiser.

Amusée et rieuse, elle s'exécuta.

Ses désirs d'enfants, les plus chers, se réalisaient.

Ils n'entendirent pas le bruit du vent qui enflait dans la cheminée, la maison soupirait de bonheur.

Cet ouvrage a été achevé d'imprimer
en mai 2004
par l'Imprimerie Floch à Mayenne

D. L. : mai 2004.
N° d'impression : 60206.
Imprimé en France